莎士比亚全集·中文本（典藏版）
William Shakespeare: Complete Works

［英］威廉·莎士比亚（William Shakespeare） 著
辜正坤 主编／刘昊 译

约翰王

The Life and Death of King John

外语教学与研究出版社
北京

京权图字：01-2016-5019

图书在版编目 (CIP) 数据

约翰王 ／（英）威廉·莎士比亚（William Shakespeare）著 ；刘昊译.
北京 ：外语教学与研究出版社，2024. 6. -- (莎士比亚全集 ／ 辜正坤主编).
ISBN 978-7-5213-5351-8

I. I561.33

中国国家版本馆 CIP 数据核字第 2024GV6951 号

约翰王

YUEHANWANG

出 版 人	王 芳
项目负责	邢印姝 郭芮萱
责任编辑	李 鑫
责任校对	李旭洁
封面设计	张 潇
出版发行	外语教学与研究出版社
社 址	北京市西三环北路 19 号（100089）
网 址	https://www.fltrp.com
印 刷	三河市紫恒印装有限公司
开 本	710×1000 1/16
印 张	10
字 数	160 千字
版 次	2024 年 6 月第 1 版
印 次	2024 年 6 月第 1 次印刷
书 号	ISBN 978-7-5213-5351-8
定 价	68.00 元

如有图书采购需求，图书内容或印刷装订等问题，侵权、盗版书籍等线索，请拨打以下电话或关注官方服务号：
客服电话：400 898 7008
官方服务号：微信搜索并关注公众号"外研社官方服务号"
外研社购书网址：https://fltrp.tmall.com

物料号：353510001

出版说明

　　1623 年，莎士比亚的演员同僚们倾注心血结集出版了历史上第一部《莎士比亚全集》——著名的第一对开本，这是三百多年来许多导演和演员最为钟爱的莎士比亚文本。2007 年，由英国皇家莎士比亚剧团（Royal Shakespeare Company）推出的《莎士比亚全集》，则是对第一对开本首次全面的修订。

　　本套《莎士比亚全集》新汉译本，正是依据当今莎学界最负声望的皇家版《莎士比亚全集》翻译而成。译本的凡例说明如下：

　　一、**文体**：剧文有诗体和散体之分。未及最右行末即转行的为诗体。文字连排、直至最右行末转行的，则为散体。

　　二、**舞台提示**：

　　1）角色的上场与下场及其他舞台提示以仿宋体排出，穿插于剧文中的舞台提示以圆括号进行标注，如：（对亨利王子）。

　　2）舞台提示中的特殊符号。译本所依据的皇家版《莎士比亚全集》的编辑者对舞台提示中的不确定情形以特殊符号予以标注，译本亦保留了这些符号：如（旁白？）表示某行剧文既可作为旁白，亦可当作对话；又如某个舞台活动置于箭头 ↓↓ 之间，表示它可发生在一场戏中的多个不同时刻。

　　三、**脚注**：脚注中除标注有"译者附注"字样的，均译自或改编自皇家版《莎士比亚全集》注释。脚注多为对剧文中背景知识及专名的解释，以使读者更好地理解剧情；亦包含部分与英文原文相关的脚注，以使读者在品味译者的佳文时，亦体验到英文原文的精妙。

四、文本：译本以第一对开本为蓝本，部分剧目中四开本与之明显相异的段落亦有译出，附于正文之后，供读者参考。

此《莎士比亚全集》新汉译本历经策划、翻译、编辑加工和印装等工序，各个环节的参与者均竭尽全力，力求完美，但由于水平、精力所限，难免有所错漏，敬请广大读者赐教指正。

外语教学与研究出版社
综合出版事业部

莎士比亚诗体重译集序

辜正坤

他非一代骚人，实属万古千秋。

这是英国大作家本·琼森（Ben Jonson）在第一部《莎士比亚全集》（*Mr. William Shakespeares Comedies, Histories, & Tragedies*, 1623）扉页上题诗中的诗行。三百多年来，莎士比亚在全球逐步成为一个家喻户晓的名字，似乎与这句预言在在呼应。但这并非偶然言中，有许多因素可以解释莎士比亚这一巨大的文化现象产生的必然性。最关键的，至少有下面几点。

首先，其作品内容具有惊人的多样性。世界上很难有第二个作家像莎士比亚这样能够驾驭如此广阔的题材。他的作品内容几乎无所不包，称得上英国社会的百科全书。帝王将相、走卒凡夫、才子佳人、恶棍屠夫……一切社会阶层都展现于他的笔底。从海上到陆地，从宫廷到民间，从国际到国内，从灵界到凡尘……笔锋所指，无处不至。悲剧、喜剧、历史剧、传奇剧，叙事诗、抒情诗……都成为他显示天才的文学样式。从哲理的韵味到浪漫的爱情，从盘根错节的叙述到一唱三叹的诗思，波涛汹涌的情怀，妙夺天工的笔触，凡开卷展读者，无不为之拊掌称绝。即使只从莎士比亚使用过的海量英语词汇来看，也令人产生仰之弥高的感觉。德国语言学家马克斯·缪勒（Max Müller）原以为莎士比亚使用过的词汇最多为 15,000 个，事后证明这当然是小看了语言大师的词汇储藏量。美国教授爱德华·霍尔登（Edward Holden）经过一番考察后，认为至少达 24,000 个。可是他哪里知道，这依然是一种低估。有学者甚至声称用电脑检索出莎士比亚用的词汇多达 43,566 个！当然，这些数据还不是莎士比亚作品之所以产生空前影响的关键因素。

其次，但也许是更重要的原因：他的作品具有极高的娱乐性。文学作品的生命力在于它能寓教于乐。莎士比亚的作品不是枯燥的说教，而是能够给予读者或观众极大艺术享受的娱乐性创造物，往往具有明显的煽情效果，有意刺激人的欲望。这种艺术取向当然不是纯粹为了娱乐而娱乐，掩藏在背后的是当时西方人强有力的人本主义精神，即用以人为本的价值观来对抗欧洲上千年来以神为本的宗教价值观。重欲望、重娱乐的人本主义倾向明显对重神灵、重禁欲的神本主义产生了极大的挑战。当然，莎士比亚的人本主义与中国古人所主张的人本主义有很大的区别。要而言之，前者在相当大的程度上肯定了人的本能欲望或原始欲望的正当性，而后者则主要强调以人的仁爱为本规范人类社会秩序的高尚的道德要求。二者都具有娱乐效果，但前者具有纵欲性或开放性娱乐效果，后者则具有节欲性或适度自律性娱乐效果。换句话说，对于 16、17 世纪的西方人来说，莎士比亚的作品暗中契合了试图挣脱过分禁欲的宗教教义的约束而走向个性解放的千百万西方人的娱乐追求，因此，它会取得巨大成功是势所必然的。

第三，时势造英雄。人类其实从来不缺善于煽情的作手或视野宏阔的巨匠，缺的常常是时势和机遇。莎士比亚的时代恰恰是英国文艺复兴思潮达到鼎盛的时代。禁欲千年之久的欧洲社会如堤坝围裹的宏湖，表面上浪静风平，其底层却汹涌着决堤的纵欲性暗流。一旦湖堤洞开，飞涛大浪呼卷而下，浩浩汤汤，汇作长河，而莎士比亚恰好是河面上乘势而起的弄潮儿，其迎合西方人情趣的精湛表演，遂赢得两岸雷鸣般的喝彩声。时势不光涵盖社会发展的总趋势，也牵连着别的因素。比如说，文学或文化理论界、政治意识形态对莎士比亚作品理解、阐释的多样性与莎士比亚作品本身内容的多样性产生相辅相成的效果。"说不尽的莎士比亚"成了西方学术界的口头禅。西方的每一种意识形态理论，尤其是文学理论，要想获得有效性，都势必会将阐释莎士比亚的作品作为试金石。17 世纪初的人文主义，18 世纪的启蒙主义，19 世纪的浪漫主义，20世纪的现实主义或批判现实主义，都不同程度地、选择性地把莎士比亚作品作为阐释其理论特点的例证。也许 17 世纪的古典主义曾经阻遏过西方人对莎士比亚作品的过度热情，但是 19 世纪的浪漫主义流派却把莎士比亚作品推崇到无以复加的崇高地位，莎士比亚俨然成了西方文学的神灵。20 世纪以来，西方资本主义阵营和社会主义阵营可以说在意识形态的各个方面都互相对立，势同水火，可是在对待莎士比亚的问题上，居然有着惊人的共识与默契。不用说，社会主义阵营的立场与社会主义理论的创始人马克思（Karl Marx）、恩格斯（Friedrich Engels）个人的审美情趣息息相关。马克思一家都是莎士比亚的粉丝；马克思称莎士比亚为"人类最伟大的天才之一，人类文学奥林波斯山上的宙斯"！他号召作家们要更加莎士比亚化。恩格斯甚至指出："单是《快乐的温莎巧妇》[1]的第一幕就比全部德国文学包含着更多的生活气息。"不用说，这些话多多少少有某种程度的文学性夸张，但对莎士比亚的崇高地位来说，却无疑产生了极大的推动作用。

第四，1623 年版《莎士比亚全集》奠定莎士比亚崇拜传统。这个版本即眼前译本所依据的皇家版《莎士比亚全集》（*The RSC William Shakespeare: Complete Works*, 2007）的主要内容。该版本产生于莎士比亚去世的第七年。莎士比亚的舞台同仁赫明奇（John Heminge）和康德尔（Henry Condell）整理出版了第一部莎士比亚戏剧集。当时的大学者、大

---

1 英文剧名为 The Merry Wives of Windsor，朱生豪先生译作《温莎的风流娘儿们》；重译本综合考虑剧情和英文书名，译作《快乐的温莎巧妇》。

作家本·琼森为之题诗，诗中写道："他非一代骚人，实属万古千秋。"这个调子奠定了莎士比亚偶像崇拜的传统。而这个传统一旦形成，后人就难以反抗。英国文学中的莎士比亚偶像崇拜传统已经形成了一种自我完善、自我调整、自我更新的机制。至少近两百年来，莎士比亚的文学成就已被宣传成世界文学的顶峰。

第五，现在署名"莎士比亚"的作品很可能不只是莎士比亚一个人的成果，而是凝聚了当时英国若干戏剧创作精英的团体努力。众多大作家的智慧浓缩在以"莎士比亚"为代号的作品集中，其成就的伟大性自然就获得了解释。当然，这最后一点只是莎士比亚研究界若干学者的研究性推测，远非定论。有的莎士比亚著作爱好者害怕一旦证明莎士比亚不是署名为"莎士比亚"的著作的作者，莎士比亚的著作便失去了价值，这完全是杞人忧天。道理很简单，人们即使证明了《红楼梦》的作者不是曹雪芹，或《三国演义》的作者不是罗贯中，也丝毫不影响这些作品的伟大价值。同理，人们即使证明了《莎士比亚全集》不是莎士比亚一个人创作的，也丝毫不会影响《莎士比亚全集》是世界文学中的伟大作品这个事实，反倒会更有力地证明这个事实，因为集体的智慧远胜于个人。

皇家版《莎士比亚全集》译本翻译总思路

横亘于前的这套新译本，是依据当今莎学界最负声望的皇家版《莎士比亚全集》进行翻译的，而皇家版又正是以本·琼森题过诗的1623年版《莎士比亚全集》为主要依据。

这套译本是在考察了中国现有的各种译本后，根据新的历史条件和新的翻译目的打造出来的。其总的翻译思路是本套译本主编会同外语教学与研究出版社的相关领导和责任编辑讨论的结果。总起来说，皇家版《莎士比亚全集》译本在翻译思路上主要遵循了以下几条：

1. 版本依据。如上所述，本版汉译本译文以英国皇家版《莎士比亚全集》为基本依据。但在翻译过程中，译者亦酌情参阅了其他版本，以增进对原作的理解。

2. 翻译内容包括：内页所含全部文字。例如作品介绍与评论、正文、注释等。

3. 注释处理问题。对于注释的处理：1）翻译时，如果正文译文已经将英文版某注释的基本含义较准确地表达出来了，则该注释即可取消；2）如果正文译文只是部分地将英文版对应注释的基本含义表达出来，则该注释可以视情况部分或全部保留；3）如果注释本身存疑，可以在保留原注的情况下，加入译者的新注。但是所加内容务必有理有据。

4. 翻译风格问题。对于风格的处理：1）在整体风格上，译文应该尽量逼肖原作整体风格，包括以诗体译诗体，以散体译散体；2）在具体的文字传输处理上，通常应该注重汉译本身的文字魅力，增强汉译本的可读性。不宜太白话，不宜太文言；文白用语，宜尽量自然得体。句子不要太绕，注意汉语自身表达的句法结构，尤其是其逻辑表达方式。意义的异化性不等于文字形式本身的异化性，因此要注意用汉语的归化性来传输、保留原作含义的异化性。朱生豪先生的译本语言流畅、可读性强，但可惜不是诗体，有违原作形式。当下译本是要在承传朱先生译本优点的基础上，根据新时代的读者审美趣味，取得新的进展。梁实秋先生等的译本，在达意的准确性上，比朱译有所进步，也是我们应该吸纳的优点。但是梁译文采不足，则须注意避其短。方平先生等的译本，也把莎士比亚翻译往前推进了一步，在进行大规模诗体翻译方面作出了宝贵的尝试，但是离真正的诗体尚有距离。此外，前此的所有译本对于莎士比亚原作的色情类用语都有程度不同的忽略，本套皇家版译本则尽力在此方面还原莎士比亚的本真状态（论述见后文）。其他还有一些译本，亦都应该受到我们的关注，处理原则类推。每种译本都有自己独特的东西。我们希望美的译文是这套译本的突出特点。

5. 借鉴他种汉译本问题。凡是我们曾经参考过的较好的译本，都在适当的地方加以注明，承认前辈译者的功绩。借鉴利用是完全必要的，但是要正大光明，避免暗中抄袭。

6. 具体翻译策略问题特别关键，下文将其单列进行陈述。

莎士比亚作品翻译领域大转折：真正的诗体译本

莎士比亚首先是一个诗人。莎士比亚的作品基本上都以诗体写成。因此，要想尽可能还原本真的莎士比亚，就必须将莎士比亚作品翻译成为诗体而不是散文，这在莎学界已经成为共识。但是紧接而来的问题是：什么叫诗体？或需要什么样的诗体？

按照我们的想法：1）所谓诗体，首先是措辞上的诗味必须尽可能浓郁；2）节奏上的诗味（包括分行）等要予以高度重视；3）结合中国人的审美习惯，剧文可以押韵，也可以不押韵。但不押韵的剧文首先要满足前两个要求。

本全集翻译原计划由笔者一个人来完成。但是，莎士比亚的创作具有惊人的多样性，其作品来源也明显具有莎士比亚时代若干其他作家与作品的痕迹，因此，完全由某一个译者翻译成一种风格，也许难免偏颇，难以和莎士比亚风格的多样性相呼应。所以，集众人的力量来完成大业，应该更加合理，更加具有可操作性。

具体说来，新时代提出了什么要求？简而言之，就是用真正的诗体翻译莎士比亚的诗体剧文。这个任务，是朱生豪先生无法完成的。朱先生说过，他在翻译莎士比亚作品时，"当然预备全部用散文译出，否则将要了我的命"。[1] 显然，朱先生也考虑过用诗体来翻译莎士比亚著作的问题，但是他的结论是：第一，靠单独一个人用诗体翻译《莎士比亚全集》是办不到的，会因此累死；第二，他用散文翻译也是不得已的办法，因为只有这样他才有可能在有生之年完成《莎士比亚全集》的翻译工作。

将《莎士比亚全集》翻译成诗体比翻译成散文体要难得多。难到什么程度呢？和朱生豪先生的翻译进度比较一下就知道了。朱先生翻译得最快的时候，一天可以翻译一万字。[2] 为什么会这么快？朱先生才华过人，这当然是一个因素，但关键因素是：他是用散文翻译的。用真正的诗体就不一样了。以笔者自己的体验，今日照样用散文翻译莎士比亚剧本，最快时也可达到每日一万字。这是因为今日的译者有比以前更完备的注释本和众多的前辈汉译本作参考，至少在理解原著时，要比朱先生当年省力得多，所以翻译速度上最高达到一万字是不难的。但是翻译成诗体就是另外一回事了。这比自己写诗还要难得多。写诗是自己随意发挥，译诗则必须按照别人的意思发挥，等于是戴着镣铐跳舞。笔者自己写诗，诗兴浓时，一天数百行都可以写得出来，但是翻译诗，一天只能是几十行，统计成字数，往往还不到一千字，最多只是朱生豪先生散文翻译速度的十分之一。梁实秋先生翻译《莎士比亚全集》用的也是散文，但是也花了 37 年，如果要翻译成真正的诗体，那么至少得 370 年！由此可见，真正的诗体《莎士比亚全集》汉译本的诞生，有多么艰难。此次笔者约稿的各位译者，都是用诗体翻译，并且都表示花费了大量的时间，

1　见朱生豪大约在 1936 年夏致宋清如信："今天下午，我试译了两页莎士比亚，还算顺利，不过恐怕终于不过是 Poor Stuff 而已。当然预备全部用散文译出，否则将要了我的命。"（《伉俪：朱生豪宋清如诗文选》下卷，中国青年出版社，2013 年，第 94 页）

2　朱生豪："今天因为提起了精神，却很兴奋，晚上译了六千字，今天一共译一万字。"（同上，第 101 页）

皇家版《莎士比亚全集》译本凝聚了诸位译者的多少努力，也就不言而喻了。

翻译诗体分辨：不是分了行就是真正的诗

主张将莎士比亚剧作翻译成诗体成了共识，但是什么才是诗体，却缺乏共识。在白话诗盛行的时代，许多人只是简单地认定分了行的文字就是诗这个概念。分行只是一个初级的现代诗要求，甚至不必是必然要求，因为有些称为诗的文字甚至连分行形式都没有。不过，在莎士比亚作品的翻译上，要让译文具有诗体的特征，首先是必定要分行的，因为莎士比亚原作本身就有严格的分行形式。这个不用多说。但是译文按莎士比亚的方式分了行，只是达到了一个初级的低标准。莎士比亚的剧文读起来像不像诗，还大有讲究。

卞之琳先生对此是颇有体会的。他的译本是分行式诗体，但是他自己也并不认为他译出的莎士比亚剧本就是真正的诗体译本。他说：读者阅读他的译本时，"如果……不感到是诗体，不妨就当散文读，就用散文标准来衡量"。[1] 这是一个诚实的译者说出的诚实话。不过，卞先生很谦虚，他有许多剧文其实读起来还是称得上诗体的。原因是什么？原因是他注意到了笔者上文提到的两点：第一，诗的措辞；第二，诗的节奏。只不过他迫于某些客观原因，并没有自始至终侧重这方面的追求而已。

显然，一些译本翻译了莎士比亚的剧文，在行数上靠近莎士比亚原作，措辞也还流畅。这些是不是就是理想的诗体莎士比亚译本呢？笔者认为，这还不够。什么是诗，对于中国人来说有几千年的历史，我们不

1　卞之琳：《莎士比亚悲剧四种》，方志出版社，2007 年，第 4 页。

能脱离这个悠久的传统来讨论这个问题。为此，我们不得不重新提到一些基本概念：什么是诗？什么是诗歌翻译？

诗歌是语言艺术，诗歌翻译也就必须是语言艺术

讨论诗歌翻译必须从讨论诗歌开始。

诗主情。诗言志。诚然。但诗歌首先应该是一种精妙的语言艺术。同理，诗歌的翻译也就不得不首先表现为同类精妙的语言艺术。若译者的语言平庸而无光彩，与原作的语言艺术程度差距太远，那就最多只是原诗含义的注释性文字，算不得真正的诗歌翻译。

那么，何谓诗歌的语言艺术？

无他，修辞造句、音韵格律一整套规矩而已。无规矩不成方圆，无限制难成大师。奥运会上所有的技能比赛，无不按照特定的规矩来显示参赛者高妙的技能。德国诗人歌德（Johann Wolfgang von Goethe）《自然和艺术》（"Natur und Kunst"）一诗最末两行亦彰扬此理：

非限制难见作手，
唯规矩予人自由。[1]

艺术家的"自由"，得心应手之谓也。诗歌既为语言艺术，自然就有一整套相应的语言艺术规则。诗人应用这套规则时，一旦达到得心应手的程度，那就是达到了真正成熟的境界。当然，规矩并非一点都不可打破，但只有能够将规矩使用到随心所欲而不逾矩的程度的人，才真正有资格去创立新规矩，丰富旧规矩。创新是在承传旧规则长处的基础上来进行的，而不是完全推翻旧规则，肆意妄为。事实证明，在语言艺术上

---

1 In der Beschränkung zeigt sich erst der Meister, / Und das Gesetz nur kann uns Freiheit geben. 参见 http://www.business-it.nl/files/7d413a5dca62fc735a072b16fbf050b1-27.php.

凡无视积淀千年的诗歌语言规则，随心所欲地巧立名目、乱行胡来者，
永不可能在诗歌语言艺术上取得大的成就，所以歌德认为：

> 若徒有放任习性，
>
> 则永难至境遨游。[1]

诗歌语言艺术如此需要规则，如此不可放任不羁，诗歌的翻译自然
也同样需要相类似的要求。这个要求就是笔者前面提出的主张：若原诗
是精妙的语言艺术，则理论上说来，译诗也应是同类精妙的语言艺术。

但是，"同类"绝非"同样"。因为，由于原作和译作使用的语言载
体不一样，其各自产生的语言艺术规则和效果也就各有各的特点，大多
不可同样复制、照搬。所以译作的最高目标，是尽可能在译入语的语言
艺术领域达到程度大致相近的语言艺术效果。这种大致相近的艺术效果
程度可叫作"最佳近似度"。它实际上也就是一种翻译标准，只不过针
对不同的文类，最佳近似度究竟在哪些因素方面可最佳程度地（并不一
定是最大程度地）取得近似效果，不是一成不变的，而是具有高度的灵
活性。不同的文类，甚至针对不同的受众，我们都可以设定不同的最佳
近似度。这点在拙著《中西诗比较鉴赏与翻译理论》（清华大学出版社，
2010 年）的相关章节中有详细的厘定，此不赘。

话与诗的关系：话不是诗

古人的口语本来就是白话，与现在的人说的口语是白话一个道理。

---

1 Vergebens werden ungebundene Geister / Nach der Vollendung reiner Höhe streben.
  参 见 http://www.cosmiq.de/qa/show/3454062/Vergebens-werden-ungebundne-Geister-
  Nach-der-Vollendung-reiner-Hoehe-streben-Was-ist-die-Bedeutung-dieser-2-Verse-Ich-komm-
  nicht-drauf/t.

正因为白话太俗，不够文雅，古人慢慢将白话进行改进，使它更加规范、更加准确，并且用语更加丰富多彩，于是文言产生。在文言的基础上，还有更文的文字现象，那就是诗歌，于是诗歌产生。所以就诗歌而言，文言味实际上就是一种特殊的诗味。文言有浅近的文言，也有佶屈聱牙的文言。中国传统诗歌绝大多数是浅近的文言，但绝非口语、白话。诗中有话的因素，自不待言，但话的因素往往正是诗试图抑制的成分。

文言和诗歌的产生是低俗的口语进化到高雅、准确层次的标志。文言和诗歌的进一步发展使得语言的艺术性愈益增强。最终，文言和诗歌完成了艺术性语言的结晶化定型。这标志着古代文学和文学语言的伟大进步。《诗经》、楚辞、唐诗、宋词、元明戏曲，以及从先秦、汉、唐、宋、元至明清的散文等，都是中国语言艺术逐步登峰造极的明证。

人们往往忘记：话不是诗，诗是话的升华。话据说至少有**几十万年**的历史，而诗却只有**几千年**的历史。白话通过漫长的岁月才升华成了诗。因此，从理论上说，白话诗不是最好的诗，而只是低层次的、初级的诗。当一行文字写得不像是话时，它也许更像诗。"太阳落下山去了"是话，硬说它是诗，也只是平庸的诗，人人可为。而同样含义的"白日依山尽"不像是话，却是真正的诗，非一般人可为，只有诗人才写得出。它的语言表达方式与一般人的通用白话脱离开来了，实现了与通用语的偏离（deviation from the norm）。这里的通用语指人们天天使用的白话。试想把唐诗宋词译成白话，还有多少诗味剩下来？

谢谢古代先辈们一代又一代、不屈不挠的努力，话终于进化成了诗。

但是，20世纪初一些激进的中国学者鼓荡起一场声势浩大的白话文运动。

客观说来，用白话文来书写、阅读自然科学和人文科学文献，例如哲学、政治学、伦理学、经济学等等文献，这都是**伟大的进步**。这个进步甚至可以上溯到八百多年前朱熹等大学者用白话体文章传输理学思想。对此笔者非常拥护，非常赞成。

但是约一百年前的白话诗运动却未免走向了极端，事实上是一种语言艺术方面的倒退行为。已经高度进化的诗词曲形式被强行要求返祖回归到三千多年前的类似白话的状态，已经高度语言艺术化了的诗被强行要求退化成话。艺术性相对较低的白话反倒成了正统，艺术性较高的诗反倒成了异端。其实，容许口语类白话诗和文言类诗并存，这才是正确的选择。但一些激进学者故意拔高白话地位，在诗歌创作领域搞成白话至上主义，这就走上了极端主义道路。

这个运动影响到诗歌翻译的结果是什么呢？结果是西方所有的大诗人，不论是古代的还是近代的，如荷马（Homer）、但丁（Dante）、莎士比亚、歌德、雨果（Victor Hugo）、普希金（Alexander Pushkin）……都莫名其妙地似乎用同一支笔写出了 20 世纪初才出现的味道几乎相同的白话文汉诗！

将产生这种极端性结果的原因再回推，我们会清楚地明白，当年的某些学者把文学艺术简单雷同于人文社会科学，误解了文学艺术，尤其是诗歌艺术的特殊性质，误以为诗就是话，混淆了诗与话的形式因素。

针对莎士比亚戏剧诗的翻译对策

由上可知，莎士比亚的剧文既然大多是格律诗，无论有韵无韵，它们都是诗，都有格律性。因此在汉译中，我们就有必要显示出它具有格律性，而这种格律性就是诗性。

问题在于，格律性是附着在语言形式上的；语言改变了，附着其上的格律性也就大多会消失。换句话说，格律大多不可复制或模仿，这就正如用钢琴弹不出二胡的效果，用古筝奏不出黑管的效果一样。但是，原作的内在旋律是可以模仿的，只是音色变了。原作的诗性是可以换个形式营造的，这就是利用汉语本身的语言特点营造出大略类似的语言艺术审美效果。

由于换了另外一种语言媒介，原作的语音美设计大多已经不能照搬、复制，甚至模拟了，那么我们就只好断然舍弃掉原作的许多语音美设计，而代之以译入语自身的语言艺术结构产生的语音美艺术设计。当然，原作的某些语音美设计还是可以尝试模拟保留的，但在通常的情况下，大多数的语音美已经不可能传输或复制了。

利用汉语本身的语音审美特点来营造莎士比亚诗歌的汉译语音审美效果，是莎士比亚作品翻译的一个有效途径。机械照搬原作的语音审美模式多半会失败，并且在大多数的场合下也没有必要。

具体说来，这就涉及翻译莎士比亚戏剧作品时该如何处理：1）节奏；2）韵律；3）措辞。笔者主张，在这三个方面，我们都可以适当借鉴利用中国古代词曲体的某些因素。戏剧剧文中的诗行一般都不宜多用单调的律诗和绝句体式。元明戏剧为什么没有采用前此盛行的五言或七言诗行而采用了长短错杂、众体皆备的词曲体？这是一种艺术形式发展的必然。元明曲体由于要更好更灵活地满足抒情、叙事、论理等诸多需要，故借用发展了词的形式，但不是纯粹的词，而是融入了民间语汇。词这种形式涵盖了一言、二言、三言、四言、五言、六言、七言、八言……乃至十多言的长短句式，因此利于表达变化莫测的情、事、理。从这个意义上看，莎士比亚剧文语言单位的参差不齐状态与中文词曲体句式的参差不齐状态正好有某种相互呼应的效果。

也许有人说，莎士比亚的剧文虽然是格律诗，但并不怎么押韵，因此汉诗翻译也就不必押韵。这个说法也有一定道理，但是道理并不充实。

首先，我们应该明白，既然莎士比亚的剧文是诗体，人们读到现今的散体译文或不押韵的分行译文却难以感受到其应有的诗歌风味，原因即在于其音乐性太弱。如果人们能够照搬莎士比亚素体诗所惯常用的音步效果及由此引起的措辞特点，当然更好。但事实上，原作的节奏效果是印欧语系语言本身的效果，换了一种语言，其效果就大多不能搬用了，所以我们只好利用汉语本身的优势来创造新的音乐美。这种音乐美很难说是原作的音乐美，但是它毕竟能够满足一点：即诗体剧文应该具有诗歌应有的音乐美这个起码要求。而汉译的押韵可以强化这种音乐美。

其次，莎士比亚的剧文不押韵是由诸多因素造成的。第一，属于印欧语系语言的英语在押韵方面存在先天的多音节不规则形式缺陷，导致押韵词汇范围相对较窄。所以对于英国诗人来说，很苦于押韵难工；莎士比亚的许多押韵体诗，例如十四行诗，在押韵方面都不很工整。其次，莎士比亚的剧文虽不押韵，却在节奏方面十分考究，这就弥补了音韵方面的不足。第三，莎士比亚的剧文几乎绝大多数是诗行，对于剧作者来说，每部长达两三千行的诗行行都要押韵，这是一个极大的挑战，很难完成。而一旦改用素体，剧作者便会轻松得多。但是，以上几点对于汉语译本则不是一个问题。汉语的词汇及语音构成方式决定了它天生就是一种有利于押韵的艺术性语言。汉语存在大量同韵字，押韵是一件很容易的事情。汉语的语音音调变化也比莎士比亚使用的英语的音调变化空间大一倍以上。汉语音调至少有四种（加上轻重变化可达六至八种），而英语的音调主要局限于轻重语调两种，所以存在于印欧语系文字诗歌中的频频押韵有时会产生的单调感，在汉语中会在很大程度上由于语调的多变而得到缓解。故汉语戏剧剧文在押韵方面有很大的潜在优势空间，实际上元明戏剧剧文频频押韵就是证明。

第三，莎士比亚的剧文虽然很多不押韵，但却具极强的节奏感。他惯用的格律多半是抑扬格五音步（iambic pentameter）诗行。如果我们在节奏方面难以传达原作的音美，或者可以通过韵律的音美来弥补节奏美的丧失，这种翻译对策谓之堤内损失堤外补，亦谓失之东隅，收之桑榆。我们的语言在某方面有缺陷，可以通过另一方面的优点来弥补。当然，笔者主张在一定程度上借鉴利用传统词曲的风味，却并不主张使用宋词、元曲式的严谨格律，而只是追求一种过分散文化和过分格律化之间的妥协状态。有韵但是不严格，要适当注意平仄，但不过多追求平仄效果及诗行的整齐与否；不必有太固定的建行形式，只是根据诗歌本身的内容和情绪赋予适当的节奏与韵式。在措辞上则保持与白话有一段距离，但是绝非佶屈聱牙的文言，而是趋近典雅、但普通读者也能读懂的语言。

最后，根据翻译标准多元互补论原理，由于莎士比亚作品在内容、形式及审美效应方面具有多样性，因此，只用一种类乎纯诗体译法来翻译所有的莎士比亚剧文，也是不完美的，因为单一的做法也许无形中堵塞了其他有益的审美趣味通道。因此，这套译本的译风虽然整体上强调诗化、诗味，但是在营造诗味的途径和程度上不是单一的。我们允许诗体译风的灵活性和创新性。多译者译法实际上也是在探索诗体译法的诸多可能性，这为我们将来进一步改进这套译本铺垫了一条较宽的道路。因此，译文从严格押韵、半押韵到不押韵的各个程度，译本都有涉猎。但是，无论是否押韵，其节奏和措辞应该总是富于诗意，这个要求则是统一的。这是我们对皇家版《莎士比亚全集》译本的语言和风格要求。不能说我们能完全达到这个目标，但我们是往这个方向努力的。正是这样的努力，使这套译本与前此译本有很大的差异，在一定的意义上来说，标志着中国莎士比亚著作翻译的一次大转折。

翻译突破：还原莎士比亚作品禁忌区域

另有一个课题是中国学者从前讨论得比较少的禁忌领域，即莎士比亚著作中的性描写现象。

许多西方学者认为，莎士比亚酷爱色情字眼，他的著作渗透着性描写、性暗示。只要有机会，他就总会在字里行间，用上与性相联系的双关语。西方人很早就搜罗莎士比亚著作的此类用语，编纂了莎士比亚淫秽用语词典。这类词典还不止一种。1995年，我又看到弗朗基·鲁宾斯坦（Frankie Rubinstein）等编纂了《莎士比亚性双关语释义词典》（*A Dictionary of Shakespeare's Sexual Puns and Their Significance*），厚达372页。

赤裸裸的性描写或过多的淫秽用语在传统中国文学作品中是受到非议的，尽管有《金瓶梅》这样被判为淫秽作品的文学现象，但是中国传统的主流舆论还是抑制这类作品的。莎士比亚的作品固然不是通常意义上的淫秽作品，但是它的大量实际用语确实有很强的色情味。这个极鲜明的特点恰恰被前此的所有汉译本故意掩盖或在无意中抹杀掉。莎士比亚的所有汉译者，尤其是像朱生豪先生这样的译者，显然不愿意中国读者看到莎士比亚的文笔有非常泼辣的大量使用性相关脏话的特点。这个特点多半都被巧妙地漏译或改译。于是出现一种怪现象，莎士比亚著作中有些大段的篇章变成汉语后，尽管读起来是通顺的，读者对这些话语却往往感到莫名其妙。以《罗密欧与朱丽叶》第一幕第一场前面的30行台词为例，这是凯普莱特家两个仆人山普孙与葛莱古里之间的淫秽对话。但是，读者阅读过去的汉译本时，很难看到他们是在说淫秽的脏话，甚至会认为这些对话只是仆人之间的胡话，没有什么意义。

不过，前此的译本对这类用语和描写的态度也并不完全一样，而是依据年代距离在逐步改变。朱生豪先生的译本对这些东西删除改动得最多，梁实秋先生已经有所保留，但还是有节制。方平先生等的译本保留得更多一些，但仍然持有相当的保留态度。此外，从英语的不同版本看，有的版本注释得明白，有的版本故意模糊，有的版本注释者自己也没有弄懂这些双关语，那就更别说中国译者了。

在这一点上，我们目前使用的皇家版《莎士比亚全集》是做得最好的。

那么，我们该怎样来翻译莎士比亚的这种用语呢？是迫于传统中国道德取向的习惯巧妙地回避，还是尽可能忠实地传达莎士比亚的本真用意？我们认为，前此的译本依据各自所处时代的中国人道德价值的接受状态，采用了相应的翻译对策，出现了某种程度的曲译，这是可以理解的，是特定历史条件下的产物。但是，历史在前进，中国人的道德观已经有了很大的改变，尤其是在性禁忌领域。说实话，无论我们怎样真实地还原莎士比亚著作中的性双关描写，比起当代文学作品中有时无所忌讳的淫秽描写来，莎士比亚还真是有小巫见大巫的感觉。换句话说，目前中国人在这方面的外来道德价值接受状态，已经完全可以接受莎士比亚著作中的性双关用语了。因此，我们的做法是尽可能真实还原莎士比亚性相关用语的现象。在通常的情况下，如果直译不能实现这种现象的传输，我们就采用注释。可以说，在这方面，目前这个版本是所有莎士比亚汉译本中做得最超前的。

译法示例

莎士比亚作品的文字具有多种风格，早期的、中期的和晚期的语言风格有明显区别，悲剧、喜剧、历史剧、十四行诗的语言风格也有区别。甚至同样是悲剧或喜剧，莎士比亚的语言风格往往也会很不相同。比如同样是属于悲剧，《罗密欧与朱丽叶》剧文中就常常有押韵的段落，而大悲剧《李尔王》却很少押韵；同样是喜剧，《威尼斯商人》是格律素体诗，而《快乐的温莎巧妇》却大多是散文体。

与此现象相应，我们的翻译当然也就有多种风格。虽然不完全一一对应，但我们有意避免将莎士比亚著作翻译成千篇一律的一种文体。从这个意义上说，皇家版《莎士比亚全集》汉译本在某些方面采用了全新的译法。这种全新译法不是孤立的一种译法，而是力求展示多种翻译风格、多种审美尝试。多样化为我们将来精益求精提供了相对更多的选择。如果现在固定为一种单一的风格，那么将来要想有新的突破，就困难了。概括说来，我们的多种翻译风格主要包括：1）有韵体诗词曲风味译法；2）有韵体现代文白融合译法；3）无韵体白话诗译法。下面依次选出若干相应风格的译例，供读者和有关方面品鉴。

一、有韵体诗词曲风味译法

有韵体诗词曲风味译法注意使用一些传统诗词曲中诗味比较浓郁的词汇，同时注意遣词不偏僻，节奏比较明快，音韵也比较和谐。但是，它们并不是严格意义上的传统诗词曲，只是带点诗词曲的风味而已。例如：

女巫甲	何时我等再相逢？	
	闪电雷鸣急雨中？	
女巫乙	待到硝烟烽火静，	
	沙场成败见雌雄。	
女巫丙	残阳犹挂在西空。	（《麦克白》第一幕第一场）

小丑甲	当时年少爱风流，	
	有滋有味有甜头；	
	行乐哪管韶华逝，	
	天下柔情最销愁。	（《哈姆莱特》第五幕第一场）

朱丽叶 天未曙，罗郎，何苦别意匆忙？
鸟音啼，声声亮，惊骇罗郎心房。
休听作破晓云雀歌，只是夜莺唱，
石榴树间，夜夜有它设歌场。
信我，罗郎，端的只是夜莺轻唱。

罗密欧 不，是云雀报晓，不是莺歌，
看东方，无情朝阳，暗洒霞光，
流云万朵，镶嵌银带飘如浪。
星斗如烛，恰似残灯剩微芒，
欢乐白昼，悄然驻步雾嶂群岗。
奈何，我去也则生，留也必亡。

朱丽叶 听我言，天际微芒非破晓霞光，
只是金乌，吐射流星当空亮，
似明炬，今夜为郎，朗照边邦，
何愁它曼托瓦路，漫远悠长。
且稍待，正无须行色皇皇仓仓。

罗密欧 纵身陷人手，蒙斧钺加诛于刑场；
只要这勾留遂你愿，我欣然承当。
让我说，那天际灰朦，非黎明醒眼，
乃月神眉宇，幽幽映现，淡淡辉光；
那歌鸣亦非云雀之讴，哪怕它
嚣然振动于头上空冥，嘹亮高亢。
我巴不得栖身此地，永不他往。
来吧，死亡！倘朱丽叶愿遂此望。
如何，心肝？畅谈吧，趁夜色迷茫。

（《罗密欧与朱丽叶》第三幕第五场）

二、有韵体现代文白融合译法

有韵体现代文白融合译法的特点是：基本押韵，措辞上白话与文言尽量能够水乳交融；充分利用诗歌的现代节奏感，俾便能够念起来朗朗上口。例如：

哈姆莱特 死，还是生？这才是问题根本：

莫道是苦海无涯，但操戈奋进，

终赢得一片清平；或默对逆运，

忍受它箭石交攻，敢问，

两番选择，何为上乘？

死灭，睡也，倘借得长眠

可治心伤，愈千万肉身苦痛痕，

则岂非美境，人所追寻？死，睡也，

睡中或有梦魇生，唉，症结在此；

倘能撒手这碌碌凡尘，长入死梦，

又谁知梦境何形？念及此忧，

不由人踌躇难定：这满腹疑情

竟使人苟延年命，忍对苦难平生。

假如借短刀一柄，即可解脱身心，

谁甘愿受人世的鞭挞与讥评，

强权者的威压，傲慢者的骄横，

失恋的痛楚，法律的耽延，

官吏的暴虐，甚或默受小人

对贤德者肆意拳脚加身？

谁又愿肩负这如许重担，

流汗、呻吟，疲于奔命，

倘非对死后的处境心存疑云，

惧那未经发现的国土从古至今
无孤旅归来，意志的迷惘
使我辈宁愿忍受现世的忧闷，
而不敢飞身投向未知的苦境？
前瞻后顾使我们全成懦夫，
于是，本色天然的决断决行，
罩上了一层思想的惨淡余阴，
只可惜诸多待举的宏图大业，
竟因此如逝水忽然转向而行，
失掉行动的名分。　　　　（《哈姆莱特》第三幕第一场）

麦克白　　若做了便是了，则快了便是好。
若暗下毒手却能横超果报，
割人首级却赢得绝世功高，
则一击得手便大功告成，
千了百了，那么此际此宵，
身处时间之海的沙滩、岸畔，
何管它来世风险逍遥。但这种事，
现世永远有裁判的公道：
教人杀戮之策者，必受杀戮之报；
给别人下毒者，自有公平正义之手
让下毒者自食盘中毒肴。　　　　（《麦克白》第一幕第七场）

损神，耗精，愧煞了浪子风流，
都只为纵欲眠花卧柳，
阴谋，好杀，赌假咒，坏事做到头；

心毒手狠，野蛮粗暴，背信弃义不知羞。

才尝得云雨乐，转眼意趣休。

舍命追求，一到手，没来由

便厌腻个透。呀恰，恰像是钓钩，

但吞香饵，管教你六神无主不自由。

求时疯狂，得时也疯狂，

曾有，现有，还想有，要玩总玩不够。

适才是甜头，转瞬成苦头。

求欢同枕前，梦破云雨后。

唉，普天下谁不知这般儿歹症候，

却避不得便往这通阴曹的天堂路儿上走！

（十四行诗第一百二十九首）

三、无韵体白话诗译法

无韵体白话诗译法的特点是：虽然不押韵，但是译文有很明显的和谐节奏，措辞畅达，有诗味，明显不是普通的口语。例如：

贡妮芮　父亲，我爱您非语言所能表达；

胜过自己的眼睛、天地、自由；

超乎世上的财富或珍宝；犹如

德貌双全、康强、荣誉的生命。

子女献爱，父亲见爱，至多如此；

这种爱使言语贫乏，谈吐空虚：

超过这一切的比拟——我爱您。（《李尔王》第一幕第一场）

李尔　　国王要跟康沃尔说话，慈爱的父亲

要跟他女儿说话，命令、等候他们服侍。

这话通禀他们了吗？我的气血都飙起来了！
火爆？火爆公爵？去告诉那烈性公爵——
不，还是别急：也许他是真不舒服。
人病了，常会疏忽健康时应尽的
责任。身子受折磨，
逼着头脑跟它受苦，
人就不由自主了。我要忍耐，
不再顺着我过度的轻率任性，
把难受病人偶然的发作，错认是
健康人的行为。我的王权废掉算了！
为什么要他坐在这里？这种行为
使我相信公爵夫妇不来见我
是伎俩。把我的仆人放出来。
去跟公爵夫妇讲，我要跟他们说话，
现在就要。叫他们出来听我说，
不然我要在他们房门前打起鼓来，
不让他们好睡。 （《李尔王》第二幕第二场）

奥瑟罗　诸位德高望重的大人，
我崇敬无比的主子，
我带走了这位元老的女儿，
这是真的；真的，我和她结了婚，说到底，
这就是我最大的罪状，再也没有什么罪名
可以加到我头上了。我虽然
说话粗鲁，不会花言巧语，
但是七年来我用尽了双臂之力，

直到九个月前，我一直
都在战场上拼死拼活，
所以对于这个世界，我只知道
冲锋向前，不敢退缩落后，
也不会用漂亮的字眼来掩饰
不漂亮的行为。不过，如果诸位愿意耐心听听，
我也可以把我没有化装掩盖的全部过程，
一五一十地摆到诸位面前，接受批判：
我绝没有用过什么迷魂汤药、魔法妖术，
还有什么歪门邪道——反正我得到他的女儿，
全用不着这一套。　　　　　(《奥瑟罗》第一幕第三场)

目　录

《约翰王》导言

　　1811 年的 4 月，简・奥斯汀（Jane Austen）与其兄亨利（Henry）居留伦敦。她曾致信姐姐卡桑德拉（Cassandra），抱怨"今晚的剧目很不幸地从《约翰王》换成了《哈姆莱特》——我们改成周一去看《麦克白》，但我们俩都很失望"。两个世纪之后我们会惊讶，简・奥斯汀这样眼光敏锐的女性竟愿看《约翰王》而不是《哈姆莱特》或《麦克白》。然而有个简单的解释：奥斯汀是萨拉・西登斯（Sarah Siddons）的铁杆粉丝。西登斯是当时最伟大的女演员，她最著名的角色之一便是情绪激昂的康斯坦丝——莎士比亚所有英国历史剧中最出彩的女性角色。

　　《约翰王》在 19 世纪得到高度评价不仅因为这位受屈的母亲康斯坦丝。维多利亚人偏好伤感情绪，喜爱少年亚瑟劝赫伯特不要用烙铁烫伤他眼睛时那哀婉动人的言辞。但剧中分量最重的角色是私生子菲利普・福康勃立琪，他比作为剧名的那个摇摆不定的国王更重要。德国浪漫主义批评家 A.W. 冯・史莱格尔（A. W. von Schlegel）被菲利普这个角色打动，他说："他嘲讽那些秘密的政治运作，但不否定它们，因为他承认自己也奋力靠类似的手段飞黄腾达，希望跻身于欺人者而不是受骗者之中，因为在他看来，世上没有其他选择。"私生子这个角色是戏剧虚构的，而非真实历史人物。这个人物是了解莎士比亚如何逐步塑造这类积极自利的角色之关键，这类角色的特点在《奥瑟罗》（Othello）中的伊阿戈（Iago）和《李尔王》（King Lear）中的爱德蒙（Edmund）身上得到极致的展现。然而他是剧中最受人喜爱的成年男性角色。他富于机趣和智慧，也渴望平步青云。其他人不过是政客。在对政客权谋运作的剖析上，《约翰王》是莎士比亚最现代的剧作之一。此剧的背景是封建社会，当时的君主被视为上帝在人间的代言人，而剧本揭示了权力就是被众人如饥似渴地抢夺的"利益"。

私生子菲利普是观众唯一信任的角色，因为他曾对观众倾吐心声。独白使人知道他思考的过程，他那具有自觉意识的戏剧感使观众得以共享其空间世界。他同时对两位国王说，"两位尊王且由我统领运筹"，我们喜欢他的霸气，因为他使我们成了故事的一部分：他有几行台词讲昂热城民在剧场楼台的"城垛"后观战，同样可以指买票看戏的观众，"他们立在城楼安安稳稳地观瞧指点，/ 简直像在剧场一出一出看您两军死战的戏码"。

"说呀，各位，以英格兰的名义"——在昂热被英吉利海峡两岸互相敌对的军队围攻之时，法兰西王曾对昂热城民这样说。在莎士比亚的全部历史剧中，《约翰王》最直白地追问何谓代表英格兰发言。它探讨的合法嫡出与继承的诸问题涉及每个都铎时代有产的英格兰家庭，但对君主国家更有极重大的意义——尤其在年老无子的女王当政的时代。在更出名的戏剧《李尔王》中，嫡子爱德加（Edgar）品性良好而私生子爱德蒙作恶多端。《约翰王》则设想了一种更具挑战性的情形：假如一个伟大的国王去世了，他最勇敢、最忠诚、最聪明的儿子是私生子又当如何。在这种情况下，不可能择优选定继承人：若私生子即位，整个王权体系的合法性都要受到质疑。父系政权、法律、教会和家族之间严丝合缝的互相依存关系便会解体。

　　狮心王理查一世（Richard I）是国王的典范，他去世时没有嫡出的儿子；顺位继承的弟弟（杰弗里）也已去世。该由谁继位：顺位的下一个弟弟（约翰）还是前一个弟弟的儿子（亚瑟）？似乎还嫌不够复杂，谁应代表英格兰的问题又与其他法定权力的争端纠缠在一起。英格兰领土的地域边界在哪里——英格兰有权统治法兰西的部分领土吗？还有，谁应代表英格兰的宗教？这个棘手问题的核心是领导英格兰教会的新一任坎特伯雷大主教的任命。教皇有权指派自己选定的人，还是英格兰有权决定自己的教会事务？君主的政权在某些情况下是否可以合法地违背教皇的意志？对于都铎时代的观众来说，这类对抗必然影射着亨利八世（Henry VIII）备受争议的离婚和在 16 世纪 30 年代脱离罗马教廷的举动。

　　在新教的思想意识中，约翰王因为对抗罗马教皇的专制统治而成为英雄。他在某种意义上被视为一个年代更早的亨利八世。在 16 世纪中叶，新教狂热分子约翰·贝尔（John Bale）曾据此写过一出宫廷剧，而莎士比亚可能用作主要素材的匿名作者的双部剧《约翰王的忧患统治》（*The Troublesome Reign of King John*，1591 年出版），也充斥着直露的反天主教宣传。莎士比亚此剧常被看作他忠于新教的证据：在 18 世纪 30 年代有着对詹姆斯二世追随者发生叛乱的忧虑，此剧在伦敦改编上演，且毫不含糊地冠名《约翰王统治时期的教皇专制》（*Papal Tyranny in the Reign of King John*）。然而莎士比亚原作是含义深邃而隐晦的。约翰说"意大利神父不能在本王领地收缴捐税"时反天主教意味非常清晰，教皇特使潘杜尔夫主教被表现为心计颇深、言辞闪烁的政客，也说明了这一点（"但你正是发誓要违背誓言，/ 越是守约，就越是违背誓言"）。与此同时，约翰被贬称为"僭履至尊的英格兰国君"，他的闪烁其词很难使他成为领袖的典范。

　　早在第一场，对继承与信仰、权力与所有权的难题还没有任何解决办法时，一个郡长出场了。他的出现代表诸郡的司法权。"乡下"是与"宫廷"的利益相对立的。诸郡中的两兄弟谁该继承一块地产的问题平行对应着狮心王理查的兄弟中谁来继承整个国家的问题，是约翰还是杰弗里（通过阿瑟）？同样，对于16世纪90年代的观众来说，那远在13世纪的冲突也可能影射了当代的争端，他们的时代不是没有过下院议员在众议院说着人们会以为只有女王才说的话："我代表全英格兰。"在当时很多地区，人们笃信"英格兰"并不等于英国女王和她在伦敦及周边的宫廷这样一种观念。尽管都铎君主们尝试在各郡建立司法代理网络来统摄全国，"乡下"绅士和北部、西部封地上的贵族仍顽强地捍卫他们的自主权。

私生子说自己是出生在北安普敦郡的绅士；他是"好个直爽的家伙"，也就是个有话直说的英格兰乡下人；后来，他向圣乔治这位守护英格兰的圣者祈请。他说的便是莎士比亚自己出身之地的话，即中部地区——英格兰腹地。他面临一个选择：要么继承福康勃立琪家的产业，要么抓住"机会"，使用那位在婚外生养了他的国王父亲的姓氏，但是没有继承权。

英国绅士阶层的常规做法是长子继承土地，次子离家到伦敦，在法律、宗教、军队或外交领域谋职，甚至可能从事娱乐行业。稳定的合法继承和投机冒险的生活被对置起来。菲利普接受了自己非嫡出的身份，放弃他其实有权继承的地产（因为是母亲通奸而非父亲，他不被强制剥夺继承权，不同于《李尔王》中的爱德蒙），他选择了家中次子通常的道路。莎士比亚离开埃文河畔斯特拉特福的时候也是如此。

私生子菲利普出身于英格兰中部这一点随着福康勃立琪夫人和詹姆斯·葛尼的到来而被进一步强调。两人身穿骑装，表示从乡间赶到宫廷。私生子随后把同母的弟弟形容成"柯尔布兰似的巨人"。柯尔布兰是丹麦入侵者，被沃里克的盖伊（Guy of Warwick）在一对一的角斗中打败——那是故事书、民谣和戏剧中家喻户晓的传奇人物。如果罗伯特·福康勃立琪象征着柯尔布兰，私生子菲利普便象征着沃里克郡民间英雄盖伊。他甚至可能是罗宾汉（Robin Hood）的变体，如果北安普敦的郡长相当于他在诺丁汉（Nottingham）的同僚。罗宾汉是约翰统治时期最著名的民间好汉，他本人是不能提的，因为说出他的名字会立刻把国王变成恶人。莎士比亚不会在剧本开场部分这样写，一来是他希望约翰和亚瑟的合法继承权之争仍是一个开放性问题，二来是他所属的历史与戏剧的写作传统中，约翰王是早期的新教英雄，因为他拒绝接受教皇任命的斯蒂芬·兰顿（Stephen Langton）为坎特伯雷大主教。

　　教皇将英格兰国王逐出教会，并允许任何人可谋杀之——实际是承诺要尊杀人者为圣徒，我们不可能忽略此处与莎士比亚时代英国的对应，当时教皇也对伊丽莎白女王（Queen Elizabeth）下了同样的判决。善变的法国出尔反尔的做法对应的现实也不可忽略（艾莉诺太后抗议说："善变的法国人无耻地背叛我们！"）：法国在 16 世纪因宗教引起内战，国家的走向是天主教还是新教几乎不可预测。"战争的杀气与怒火"主导着剧情的发展，正像尼德兰、爱尔兰等地的宗教战争和领土之争影响着莎士比亚戏剧观众的现实生活。就像《特洛伊罗斯与克瑞西达》（*Troilus and Cressida*）里的忒耳西忒斯（Thersites）那样——只是没他那么凶恶——私生子剖析了联盟和分裂带来的混乱："疯狂的世界，两个疯狂的国王，疯狂的和议！"

　　私生子菲利普相当于沃里克的盖伊，而盖伊相当于古英格兰的罗宾汉。当好国王理查在中东参加"圣战"时（"那曾经勇剖狮心，投身巴勒斯坦圣战的理查"），是罗宾汉在本土维持着好国王理查的价值。随着剧情进展，私生子的角色成了死去的狮心王的替代者。他后来替约翰战斗，在某时距离王权只一线之隔。当他在剧终代表英格兰说话时,他那饱经人世沧桑的声音也是其创作者的声音。他的创作者在《亨利六世》(*Henry VI*)系列剧中展示了英格兰背叛自己的惨痛后果。

参考资料

剧情: 受人爱戴的"狮心王"理查一世国王去世。他的弟弟约翰成为英格兰国王,但法国认为王权应归约翰已故的兄长杰弗里之幼子亚瑟。与王权之争相对应的是贵族福康勃立琪家中的继承权之争。菲利普·福康勃立琪(私生子)被发现是理查一世的私生子;他于是受封为"普朗塔热内家族[1]的理查爵士"。英法为争夺法国境内的昂热而交战;一个城民提议敌对双方应通过法国继承人路易太子和约翰外甥女布兰绮小姐的联姻而结盟。得知法国不再为自己的儿子争取权益,亚瑟的母亲康斯坦丝大怒。约翰因不同意教皇指定的坎特伯雷大主教人选而被逐出教会。教皇特使潘杜尔夫鼓动法国重新与英国开战。亚瑟被俘,约翰令仆人赫伯特杀之;小亚瑟在出逃时坠亡。约翰改变主意遵从教皇意愿。一队入侵的法军人马在海上失事。约翰卧病身亡。其子亨利继位,而私生子仍是掌握大权的人物。

主要角色:(列有台词行数百分比/台词段数/上场次数) 私生子(20%/89/11),约翰王(17%/95/9),康斯坦丝(10%/36/3),法王腓力(7%/44/3),赫伯特(6%/52/6),索尔兹伯里(6%/36/6),路易太子(6%/28/5),潘杜尔夫主教(6%/23/4),亚瑟(5%/23/5),彭布罗克

---

1 即金雀花家族。——译者附注

（3%/20/4），艾莉诺太后（2%/22/4），布兰绮（2%/9/2），夏提昂（2%/5/2）。

语体风格： 100% 诗体。

创作年代： 1595—1597 年？米尔斯（Meres）[1] 在 1598 年提到此剧；与匿名作者的双部剧《约翰王的忧患统治》（1591 年出版）有密切关系，但文体上更接近后期历史剧。

取材来源： 关于此剧与《约翰王的忧患统治》的关系，学界存在争议：后者是此剧的主要素材，还是这部莎剧的早期劣质印刷版本？综合来看，资料证明那是一部旧剧，莎士比亚按自己的风格进行了再创作（与他对《亨利五世之辉煌战绩》（*The Famous Victories of Henry V*）和《雷尔王》（*King Leir*）等其他匿名历史剧作品进行再创作一样）。1587 年版霍林谢德（Holinshed）的《编年史》（*Chronicles*）第三卷是莎士比亚此剧和那部匿名剧作共同的史料来源。

文本：《约翰王的忧患统治》双部剧于 1611 年合并重印，标题页注明"W. Sh. 著"（1622 年再印时注明"W. Shakespeare 著"），但这是销售策略，不是可靠的作者署名。唯一的权威文本收录在第一对开本中。学者对它排版所依据的抄本的性质有争论；有证据显示抄本可能由两名抄写员完成。文中有数处文字错误，最明显的是赫伯特的名字：它最早作为说话的昂热城民的名字出现在第二幕第一场中间（此人本作无名氏"城民"），但在此处对话中未被提及，故观众不知这名城民的名字。演剧时"赫伯

---

1 即弗朗西斯·米尔斯（Francis Meres），英国教士、作家。其作品中有对早期莎剧的评论。——译者附注

特"第一次被称呼名字是在他向约翰王宣誓忠诚并接受看押亚瑟的任务之时。两处设为同一人吗？编辑者对这个疑团有不同的解释：我们加了注解以阙疑。

乔纳森·贝特（Jonathan Bate）

约翰王

约翰，英格兰国王

艾莉诺太后，约翰之母，亨利二世之遗孀

亨利王子，约翰之幼子，后为亨利三世

卡斯蒂利亚的**布兰绮**，约翰之外甥女

福康勃立琪夫人，罗伯特爵士之遗孀

罗伯特·福康勃立琪，夫人之嫡子

菲利普·福康勃立琪，即**私生子**，夫人与理
　查一世国王私生子

詹姆斯·**葛尼**，夫人之仆

威廉·马歇尔，**彭布罗克伯爵**

杰弗里·菲兹彼得，**埃塞克斯伯爵**

威廉·朗索德，**索尔兹伯里伯爵**，
　亨利二世之私生子

罗杰·**俾高特**，诺福克伯爵

}英格兰贵族

赫伯特，约翰王之仆人、亲信

庞弗里特的**彼得**，预言师

腓力二世，法兰西国王

路易太子，法王之长子

奥地利公爵，法国之盟友

茂伦，法国贵族

夏提昂，法国贵族，出使英国

昂热城民

康斯坦丝，约翰亡兄杰弗里之遗孀

亚瑟，其幼子，约翰之侄，布列塔尼公爵

潘杜尔夫主教，教皇英诺森三世之代表

郡长一名，众贵族，行刑手数人，传令官数
　　人，信差数人，众兵士、众城民、众侍从

第 一 幕

第一场 / 第一景

英格兰

约翰王[1]、艾莉诺太后[2]、彭布罗克、埃塞克斯、索尔兹伯里与法兰西的夏提昂上

约翰王	现在请说吧,夏提昂,法兰西王有何见教?
夏提昂	法王敬致问候,命我代向英格兰国君,
	僭履至尊的国君,
	传达如下陈述。
艾莉诺太后	好奇怪的开场。"僭履至尊"!
约翰王	母后且休说话,听大使陈词。
夏提昂	令兄杰弗里[3]已辞世,法王腓力[4]代表其子,
	亚瑟·普朗塔热内,
	为了他的正当权益,
	极为合法地索要
	这美丽的岛屿及其他属地——
	爱尔兰、普瓦捷、安茹、图赖讷、曼恩,

1 约翰王:亨利二世(Henry II)与艾莉诺之子,1166 年生,1199 至 1216 年在位。
2 艾莉诺太后:阿基坦公爵(Duke of Aquitaine)威廉五世(William V)之女,先后嫁法王路易七世(Louis VII)和英王亨利二世。以上为原文注释。据史料,艾莉诺应为阿基坦公爵威廉十世(William X)之女,详见《不列颠百科全书》(*Encyclopedia Britannica*)中 Eleanor of Aquitaine 条目等相关资料。——译者附注
3 杰弗里:亨利二世第四子。
4 法王腓力:即腓力二世,路易七世之子,1165 年生,1180 年起在位,1223 年卒。

	并盼你放下僭取这些领地的权力之剑，
	把它们交还你的幼侄亚瑟手中，
	他才是合法的国君。
约翰王	如果本王拒绝接受，又当如何呢？
夏提昂	那便是一场血战，
	这些正当权利被暴力强占，也要用武力夺回——
约翰王	我方以战争对战争，以鲜血换鲜血，
	用霸道制霸道。就这样回复法兰西王。
夏提昂	那就从我口中接受吾王的挑战吧，
	这是我使臣权力的极限。
约翰王	给他带去我的挑战，你平静地离开吧。
	愿你在法兰西王眼中快如闪电，
	因为不等你向他报讯我便已到达，
	你们会听到我雷鸣般的炮声。
	去吧。你为本王的怒火先吹响号角，
	也做你自己国家厄运的惨兆。——
	（对彭布罗克）好生护送他，不可怠慢。
	彭布罗克，请照应此事。——再会了，夏提昂。

夏提昂与彭布罗克下

艾莉诺太后	眼下怎么办，我儿？
	我不是早说康斯坦丝[1]野心不小，
	为给她儿子的权益寻找支持，
	不煽动起法兰西和全世界她不会罢休。
	当初若做些友好的表示，

---

1 康斯坦丝：布列塔尼公爵（Duke of Brittany）柯南四世（Conan IV）的继承人，1181 年与杰弗里结婚，生子亚瑟。

也许可以避免争端，弥合分歧，

现在两国为了裁决矛盾，

只能血刃相见。

约翰王 我方有强大的统治和合法权利可以依恃。

艾莉诺太后 （旁白。对约翰）还是靠强大的统治多于合法权利吧，

不然你我都有麻烦。

尽此一言出肺腑，

二人私语只天知。（她对埃塞克斯耳语）[1]

一郡长上

埃塞克斯 主上，乡下有桩不曾听说的奇怪讼案，

送来请您裁夺。

是否引他们上来？

约翰王 让他们过来。—— 郡长下

这次紧急出兵的费用，

要让那些大小修道院缴付。

罗伯特·福康勃立琪与私生子菲利普上

你们是干什么的？

私生子 我是您忠诚的臣民，是个绅士，

出生在北安普敦，家中长子，

父亲我想是罗伯特·福康勃立琪，

他从过军，得到狮心王[2]御手亲封的荣耀，

在战场上受勋成为骑士。

约翰王 你是做什么的？

---

1 其他有版本（如《剑桥版莎士比亚》[The Cambridge Shakespeare]）此处作"郡长对埃塞克斯耳语"。——译者附注

2 "狮心王"为理查一世（Richard I）的绰号。

罗伯特	我是那位福康勃立琪的儿子和继承人。
约翰王	他是长子,你是继承人? 看来你们不是一母所生。
私生子	尊贵的国王,我们千真万确是一母所生, 此事众所周知。我想着也是同父所生。 不过这事的真相我请您去问老天和我母亲, 我对这事是有点怀疑, 谁的孩子都会这样怀疑。
艾莉诺太后	大胆狂徒!你这样猜疑侮辱了你母亲, 破坏了她的名誉。
私生子	我吗,太后?不,我没有理由这样猜疑。 是我弟弟要这样指控,不是我。 他要是能坐实这事, 就弄走咱每年足足五百镑, 老天保佑我母亲的名誉和我的地产!
约翰王	(旁白)好个直爽的家伙。—— (对私生子)他既然比你年幼, 为什么索要你的继承权呢?
私生子	除了地产,我不知道还为什么。 但他曾出言诽谤,说我是私生子。 可我到底是不是正出, 还得让我妈来回答。 我也生得很好,吾王在上—— 愿辛苦生养我的骸骨安享清福—— 您比比我俩的相貌,再来判断, 如果罗伯特老爵士生养了我们两个, 假若他是两子之父而只那一个像他,

哦，罗伯特老爵士，父亲，我跪谢上天，
谢天谢地我不像你！

约翰王 天上给我们送来个疯子！

艾莉诺太后 他脸上的样子很像狮心王，
说话的腔调也像他。
你没看出这大个子[1] 身上
有几处很像我那儿子？

约翰王 我仔细观察了他的特征，
确实极像理查。——（对罗伯特）小子，你说，
你怎么想起来要你哥哥的地产？

私生子 因为他侧脸长得像我父亲。
他就想用那半边脸要走我全部的地产，
印着侧脸的一块四便士小钱[2]，换我一年五百镑啊！

罗伯特 吾王在上，先父在世时，
您的兄长曾经重用我父亲——

私生子 先生啊，光说这个可得不到我的地产。
你该讲讲他怎么重用我母亲的故事。

罗伯特 狮心王曾派我父出使日耳曼，
和那边国王商讨当时一件要事。
狮心王趁我父亲外出，
便居留在他宅中。
至于他是怎么得手，
我不好意思说。
真的可是假不了。

---

1 原文 large composition，既指整体面貌，又指高大健壮的身形。
2 原文 half-faced groat，指的是印有君主侧面像的四便士旧币。

这位风流 [1] 先生投胎时，
我的父母正远隔重洋呢，
这是听我父亲本人讲的。
父亲临终遗嘱说把地产给我，
誓不承认我母另一儿子是他亲生，
不然就是他不等怀胎期满
早生了十四个星期。
吾王慈悲，按我父遗嘱
父亲的地产应该我得，
请您判决给我。

约翰王　小子，你哥哥是正出嫡子。
你父亲之妻在婚后生育了他。
如果她不忠，那也是她的错，
凡娶妻之人都要担这个风险。
告诉我，照你说先兄曾生养此子，
假若他向你父亲讨要儿子那会怎样？
老实说，朋友，
你父可能留下自家母牛产的这只小犊，谁也不给 [2]。
他的确可能这么做。
就算他是我先兄之子，我兄可能也不会认他，
你父知道儿子不是亲生，可能也不会不要他。
那就这样解决，
我母亲之子生养了你父亲的继承人，

1　原文 lusty 是个文字游戏，字面意思指生气勃勃，暗指男女欲望（lust），讽刺私生子是情欲
　　的后果。
2　母牛的主人有权保留母牛产下的所有牛犊。

你父亲的继承人应该继承你父亲的土地。

罗伯特 那我父亲立遗嘱剥夺非亲生子的继承权，
难道就无效了？

私生子 先生，我想他的遗嘱没有剥夺我的效力，
就像他的意愿里当初没有生我的欲望 [1]。

艾莉诺太后 你愿意选哪样？
作福康勃立琪家的人，像你兄弟一样有田有地，
还是让人认作狮心王之子，
别无产业，只这堂堂一表，凛凛一躯？

私生子 太后，倘若让我兄弟有我的外貌，
让我长成他那样子，就像罗伯特爵士，
让我长着马鞭一样的小细腿，
胳膊像是包着鳗鱼皮，
脸瘦得不敢在耳后戴花，
怕人说"瞧这三法寻的小钱 [2]"，
如果长这副尊容配上继承全部地产，
我拿性命起誓，
宁可寸土不得留我本来容貌。
脑瓜 [3] 爵士的名衔咱绝对不要。

艾莉诺太后 我很喜欢你，你愿意放弃财产，
把土地给你弟弟，跟随我去么？
我是统兵打仗的人，马上开拔去法国。

私生子 弟弟，您拿走我的地产吧，我要抓住我的机会。

---

1 原文此处的 will 是双关语，既指遗嘱，又指愿望和身体欲望（生孩子是欲望的后果）。
2 三法寻的钱币上的女王头像后印有玫瑰花。
3 原文 Nob，是 Robert 的诨名。此处是双关语，含"头"和"家族头领"两重意义。

　　　　　　瘦脸得利一年年净赚五百，
　　　　　　标价出售五便士都嫌太高。¹——
　　　　　　太后，我愿一直追随您到死。

艾莉诺太后　哦，不，我倒希望你走在我前面。

私生子　　我们乡下礼仪要让尊长在前。

约翰王　　你叫什么名字？

私生子　　主上，我名字开头是菲利普，
　　　　　　敬爱的罗伯特老爵士夫人的长子，菲利普。

约翰王　　你长了他的容貌，从今日起就用他的名字。

　　　　　　（给私生子授封）

　　　　　　跪下是菲利普，站起来可是大大的显赫，
　　　　　　平身，理查爵士，普朗塔热内家族成员。

私生子　　同母的弟弟，让我们把手相握，
　　　　　　令尊留土地，我父把荣誉给我。
　　　　　　投胎在吉时吉刻应该感谢上天，
　　　　　　不知那是昼是夜幸亏爵爷未还。

艾莉诺太后　真是普朗塔热内家的劲头。
　　　　　　我是你祖母，理查。就这样叫我。

私生子　　太后，这是不合礼法的偶然。
　　　　　　可那又怎样？
　　　　　　迂折偏离正轨，云雨越户钻窗。
　　　　　　昼伏不出行夜路，得手莫问津梁。
　　　　　　不论远瞄近射，箭中红心为王。
　　　　　　嫡儿庶子原无异，
　　　　　　我本这番模样。

1　对照前文私生子说弟弟的脸像四便士的小钱，就可看出此处的幽默效果。——译者附注

约翰王	去吧，福康勃立琪，你已心满意足。
	一位无地的骑士让你成了有地的乡绅。——
	来啊，母后；来啊，理查，我们必须立刻动身，
	去法国，去法国，刻不容缓。
私生子	弟弟，再见。愿你好运，
	因为你的出身正大光明。　　　　　除私生子外众人下
	我的身份比原来高了一丁点，
	可地产变得一丁点都不剩。
	好啊，现在我可以让随便哪个村姑变成贵妇。
	"晚安，理查爵士" ——
	"上帝保佑你，伙计" ——
	他要是叫乔治，我就叫他彼得，
	因为新贵都记不住别人名字，
	新封了头衔，哪能那么恭谨随和。
	众人在我跟前侍宴，
	其中有个带牙签的旅行家，[1]
	本爵士酒足腹饱，便呓一呓牙，
	诘问游历列国的挑剔讲究之人。
	"亲爱的先生"，我倚肘斜靠这样开口，
	"我要请教您"，我开始询问，
	他的答话像启蒙教材：
	"哦，爵士，愿任您差遣，
	给您服务，为您效劳，爵士。"
	问话的说："不，先生，我愿为您效劳，亲爱的先生。"
	如此这般，答话的还不知所问，

1　当时华丽的牙签是时髦的舶来品。下文"挑剔讲究"对应原文 picked，暗指剔过牙的。

只互相客套了一番，

谈了阿尔卑斯山、亚平宁山、比利牛斯山和波河，

说罢已到晚饭时间。

不过这毕恭毕敬的圈子就是如此，

适合我这种雄心勃勃之人，

因为做派若不追随风尚，

此人不过是时代的私生子。

而我不论沾染风尚与否，

本就是私生子一个。

不仅要注意衣着仪表外形种种，

也要发自内心地送上甜言绮语的甘美毒药，

去满足世人的口味。

我虽不为骗人才去操练，

但为防上当我要学会。

因为在我青云直上的途中，

定是洒满这样甜蜜的毒药。

福康勃立琪夫人与詹姆斯·葛尼上

可那边谁穿着骑装匆匆赶来？

这位女信使她是何人？

她没有丈夫能帮忙在前面吹只号角¹么？

天哪！是我母亲。——您可好么，亲爱的母亲大人？

您怎么急匆匆进宫来了？

福康勃立琪夫人 你弟弟那个奴才呢？他在哪儿？

他到处败坏我的名声。

---

1 此处"号角"为双关语。当时的人们认为，被妻子背叛的男人头上会长出角；亦指报告使者
  到来的号角。

私生子	我弟弟罗伯特么？是说罗伯特老爵士的儿子？
	就是那个柯尔布兰¹似的巨人吧？

私生子　　我弟弟罗伯特么？是说罗伯特老爵士的儿子？

就是那个柯尔布兰[1]似的巨人吧？

您找的是罗伯特爵士的儿子吗？

福康勃立琪夫人　　罗伯特爵士的儿子，哎呀，你这无礼的孩子，

罗伯特爵士的儿子。你干吗要讥讽罗伯特爵士？

他是罗伯特爵士的儿子，你也是。

私生子　　詹姆斯·葛尼，你能回避一会儿吗？

葛尼　　再会，亲爱的菲利普。

私生子　　不如叫麻雀菲利普！[2]

詹姆斯，那边有些小情况，等会儿告诉你。

　　　　　　　　　　　　　　　　　　詹姆斯·葛尼下

母亲大人，我不是罗伯特老爵士的儿子。

我身上若有哪块是爵士的骨血，

让他斋日吃了绝对不会破戒。

我对天承认罗伯特爵士是有本事的，

可他能生出我么？他真没这个本事。

咱们知道他能造出什么样的作品。

所以，好母亲，我这副身板是何人所赐？

造这条腿绝非罗伯特爵士之功。

福康勃立琪夫人　　你是不是和你弟弟串通一气？

你就算为自己也该维护我的名誉。

这样贬损我所为何来？你这无法无天的奴才。

1　柯尔布兰（Colbrand）：英国传奇故事中被勇士沃里克的盖伊（Guy of Warwick）杀死的丹麦巨人。

2　私生子受封后把自己以前的名字斥为麻雀用的名字，因此词读音接近麻雀的叫声。

私生子	骑士，我已是骑士，好母亲，像巴西利斯科¹那样。

私生子 骑士，我已是骑士，好母亲，像巴西利斯科 ¹ 那样。
怎么样！我已受封，肩承御剑。
可是母亲，我非罗伯特爵士之子。
我放弃了我与爵士的父子关系，放弃了地产，
嫡子身份，姓氏，一切都失去了。
那么好母亲，请让我知道自己的父亲。
我盼着是个体面的人，他是谁，母亲？
福康勃立琪夫人 你和福康勃立琪家脱离关系了？
私生子 千真万确，就像和魔鬼脱离关系。
福康勃立琪夫人 狮心王理查是你的父亲。
我被他猛烈地追求了很久，
终于被他引诱，让他占据了我丈夫的床榻。
愿上天不要把这罪过算在我头上。
他逼迫太紧我抵挡不住，
你就是我失足的结晶。
私生子 白日在上，母亲，我若能再投次胎，
真想不出比他更好的父亲来。
世上的罪过有些应该赦免，
您犯的错就不该责怪。
您的错非因行为不检，
彼时您只能进献恭顺的芳心，
任由他征服一切的爱来摆布。
他一旦扬威发怒，
连雄狮都败下阵来，
勇猛的狮心也难从他手中逃出。

1 巴西利斯科（Basilisco）是同代剧中人物，坚持要求别人称他为"骑士"。

能够力夺狮心之人，
要赢得一女子之心何其容易。
母亲啊，
为这个父亲我衷心谢你。
谁人胆敢言母过，儿必送之下幽冥。
引母入宫见亲眷，彼须赞母昔时行。
若违当日理查意，使我不得禀人形，
方是酿成深深罪。人言荒谬我不听！　　　　　　同下

第二幕

第一场　　/　　第二景

法国

昂热城前法王腓力、太子路易、康斯坦丝与亚瑟自一侧上，奥地利公爵
自另一侧上，各率军队

腓力王　　　英勇的奥地利公爵，

咱们昂热城前幸会。——

亚瑟，你的英雄前辈，

那曾经勇剖狮心，

投身巴勒斯坦圣战的理查[1]，

就丧命在这位公爵手中。

为补偿狮心王的后人，

他受本王敦请率军来助你，

打击你不仁义的叔父，

那在英格兰僭居王位的约翰。

你要拥抱他，爱他，欢迎他到来。

亚瑟　　　（对奥地利公爵）上帝会饶恕您杀死狮心王之过，

尤其当您给他的后人以生路，

率军队庇翼他们的权益。

我手无寸铁地欢迎您，

1　指狮心王理查。本剧中奥地利公爵身上披的狮皮是狮心王的旧物，是狮心王赤手与雄狮搏斗
　　后所得，所以后面情节中狮心王的私生子不断挑衅奥地利公爵。

心中却充满毫无杂念的爱。

欢迎到昂热城下，公爵。

路易 高贵的孩子。哪个会不愿为你主持公道呢？

奥地利公爵 让我真诚地亲吻你的脸颊，

像印章落在友好的协约上。

在我离开战场还家之前，

要让昂热和你在法兰西的领地，

让那足蹬怒浪

环护岛民的白垩海岸，

还要让大洋环绕

高枕无忧的水中壁垒英格兰，

乃至西方最远的角落，

都来向你参拜，尊你为王。

亲爱的孩子，

不达到这个目标，

我绝不想离开疆场回家去。

康斯坦丝 啊，请先接受他母亲的谢意，一个孀妇的感谢。

待到将来您的强援使他力量增长，

再由他进一步报答您的情意。

奥地利公爵 天道会赐予我们安宁，

因为我们拔剑为仁义而战。

腓力王 好，开战吧。

我们要把炮口对准这顽抗之城的围墙。

召集军中要员，

确定最佳战术。

为让昂热归顺这个孩子，

本王宁愿在城前马革裹尸，

	宁愿蹚着法国人的鲜血入城。
康斯坦丝	还是等等您那使臣的消息，
	免得失于莽撞，兵戈染血。
	我们想用战争夺取的权力，
	也许夏提昂大人能从英格兰和平地带回。
	如果我们急于交兵，
	过后岂不为疆场上枉流的每滴热血后悔？

夏提昂上

腓力王	真巧啊，夫人，看，如你所愿，
	本王的使臣夏提昂回来了。——
	爱卿，请你简要说说英王的意思。
	我们在静等你的消息。夏提昂，请讲。
夏提昂	那么别让您的军队围攻这区区小城了，
	鼓舞士气准备更大的行动吧。
	英王对您的合理要求气愤不耐，
	已经整束军队。
	我因逆风耽搁了启程，
	他率军赶上和我同时登陆。
	他的队伍正向此城行进，
	其军力强劲，战士勇猛。
	他的太后也来了，
	像阿忒女神[1]一样鼓动他喋血打仗，
	她带着自己的外孙女，

---

1 阿忒（Ate）女神：希腊神话中的纠纷和复仇女神。

西班牙的布兰绮公主[1]，

前国王的一个私生子也跟着他们，

还带着全英国的匹夫无赖，

一群冒冒失失、肆无忌惮的志愿兵，

这帮人脸上没毛，脾气火暴，

在老家卖掉家产

换来一身得意扬扬的戎装，

于是到这里来投机冒险。

简单说，英国舰船满载战队乘浪而来，

从未有更胆大更张狂的敌兵

给基督徒的世界造成攻击伤害。（鼓声起）

听这鼓声刺耳，已不容我再详细禀告。

敌军逼近，出战还是议和，

准备定要趁早。

腓力王　　　英军进攻，真让人措手不及。

奥地利公爵　越是措手不及，

越要积极应战。

危急时刻勇气乃现。

让他们来吧，我们一切就绪。

英王约翰、私生子、艾莉诺太后、布兰绮、彭布罗克及其他人上

约翰王　　　愿法兰西得安宁，只要法王和平地许可

本王名正言顺地继承合法的权力。

否则法兰西要流血，和平只能归天。

本王为上帝神威之代表，

1　布兰绮公主：约翰之姊埃莉诺（Eleanor）与卡斯蒂利亚国王（King of Castile）阿方索八世（Alfonso VIII）之女。

把和平逐回天堂的狂徒定遭我严惩。

腓力王　愿英格兰得安宁，

只要战火从法兰西退回英格兰，

去过和平的生活。

本王深爱英格兰，

为英格兰之故

身披重甲，挥汗出征。

这番苦役本该由你承担。

但你对英格兰如此不义，

竟篡其王国，乱其嗣统，

逐其幼主，玷污其纯洁王冠。

（指着亚瑟）在这张脸上看看你兄杰弗里的容颜，

那眉眼就是他的翻版。

小小翻版中含有死去的杰弗里本尊，

时间会把小小缩影一手养成皇皇巨制。

杰弗里是你兄长，

这是你兄长之子。

英格兰当属杰弗里，

这位才真的是杰弗里的继承人。[1]

被你篡夺的王冠有真正主人在此，

生命的血液好好地在他头中流淌，

你怎会被称作国王？

1　原文 And this is Geoffrey's in the name of God。此处不同版本断句方式不同，可有不同解释，可解作"王权当归杰弗里"，亦可解作"这（亚瑟）正是杰弗里的继承人"。此译本依据的是皇家莎士比亚剧团（the Royal Shakespeare Company）推出的《莎士比亚全集》（*William Shakespeare: Complete Works*，后文简称《皇家版》）。——译者附注

约翰王	法兰西王，谁给你这样大的权力 让你来诘问我？
腓力王	是高高在天的审判者给我权力， 他令掌权的强者心中都生起善念， 要过问不公正的事情。 上帝这个审判者使我充当这孩子的保护人， 我奉主之命谴责你的不义， 有上帝相助我定要惩罚你的错误。
约翰王	哎哟，你真是僭越权力。
腓力王	为了阻止你僭越篡位，这便是理由。
艾莉诺太后	法兰西王，你说谁篡位？
康斯坦丝	我来回答：就是你那篡位的儿子。
艾莉诺太后	大胆！你想让自己的杂种继位， 你就能当太后操控天下。
康斯坦丝	我在床笫之间对你儿子是否忠诚， 就像你对你的丈夫一样。 约翰的做派像你， 就如同雨珠像水，魔鬼像他妈。 你母子做派相像，我儿子长相更肖其父杰弗里。 我的孩子怎么是杂种？我发誓， 我倒觉得他父未必如此血统纯正。 只要有你这样的母亲，怎么可能是纯种？
艾莉诺太后	孩子，你倒有个好母亲，竟在这里诋毁你父亲。
康斯坦丝	孩子，你倒有个好祖母，竟在这里诋毁你。
奥地利公爵	肃静！
私生子	听传报员说话。
奥地利公爵	你是个什么鬼？

私生子	我就是要和您捣鬼，公爵。
	只要咱连皮带人逮住您，咱单独斗斗。
	虎落平川被犬欺，小兔敢揪死虎须，
	谚语说的就是您这兔子。
	等我把您逮个正着，一准把您的兽皮收拾一顿。
	小子，等着瞧，我说到做到，说到做到。
布兰绮	哦，当年那手剥狮皮的勇士，
	跟这狮皮才相配。
私生子	他和这皮相得益彰，
	像英雄阿尔喀得斯的鞋搁在驴身上[1]。
	可驴子，我来从您身上卸重担，
	要不打得您皮开肉绽。
奥地利公爵	哪个吹牛皮的一个劲儿叫嚣？
	震耳欲聋，大话滔滔。
腓力王	路易，决定下一步如何行事。
路易	女人和傻瓜，都别吵了。
	约翰王，我们的要求全在这里：
	以亚瑟的名义向你索要
	英格兰、爱尔兰、安茹、图赖讷、曼恩，
	你愿不愿交出这些土地，放下手中武器？
约翰王	我誓死不会把地给你。法兰西，我向你宣战。
	布列塔尼的亚瑟，你向我投降吧，
	我因为爱你，会给你赏赐，
	比法兰西王这个懦夫能取得的更多。

---

1 阿尔喀得斯（Alcides）：希腊神话中的英雄，即赫剌克勒斯（Hercules），曾杀雄狮，把皮披在身上。"鞋"，即 shoes，此处有版本把 shoes 改为 shows（衣着）。

	归顺我，孩子。
艾莉诺太后	孩子，到祖母这里来。
康斯坦丝	去吧孩子，去找祖母，孩子。
	把王国送给祖母，祖母会给你
	一只梅子，一颗樱桃，一粒小果。
	真是你的好祖母。
亚瑟	我的好母亲，别说了。
	我真希望自己已经埋在坟墓里。
	我不值得你们为我这样大动干戈。
艾莉诺太后	他母亲让他蒙羞了，可怜的孩子，他哭了。
康斯坦丝	不管他母亲怎样，你才不知羞耻。
	不是因为母亲让他蒙羞，是他祖母犯了错，
	让孩子可怜的眼中泪落如珠，感天动地，
	上天会收走他的珍珠作为酬报，
	是啊，这宝珠能买通上天
	为他主持公道，报复你们。
艾莉诺太后	你这恶人胆敢诬蔑天地！
康斯坦丝	是你这恶人伤天害理。
	不要说我诬蔑，
	你们母子从这被欺的孩子手中夺去
	主权、王权和一切权益。
	这是你长子的儿子，
	他唯一的不幸是有你这个祖母。
	上代的罪下代还这神律就应在他身上，
	他和你那孕育邪恶之腹只隔了一代，
	你犯的罪都让这可怜的孩子受罚。
约翰王	疯婆娘，住口。

康斯坦丝	我只说这一条：
	孩子不光因为他祖母的恶行遭上天惩罚，
	上帝还让这女人和她的恶子一起来惩罚这隔代的孩子。
	孩子既因她受罪，又被她的恶子折磨。
	亚瑟受的苦本该她受，
	她罪有应得，却报应在这孩子身上。
	孩子全都因为她在受苦。
	我诅咒她！
艾莉诺太后	你这没头没脑的泼妇，我给你看一张遗诏，
	上面说不让你儿子继位。
康斯坦丝	嗬，谁会怀疑？遗诏？这是一张邪恶的遗诏，
	昭示一个女人野心的遗诏，一个恶毒祖母的昭然野心。
腓力王	冷静，夫人，要么别说，要么措辞和缓一些。
	当着王公贵胄们厉声往来对骂，
	可是有失体统。
	吹起号角把昂热城民召集到城上，
	我们来问问他们
	拥立亚瑟还是约翰。

号角齐鸣。一城民携其他城民登城

城民	哪位召我们登城？
腓力王	法兰西王代表英格兰在此。
约翰王	英格兰王本尊在此。
	众昂热百姓，我亲爱的臣民——
腓力王	忠诚的昂热百姓，亚瑟的臣民，
	本王命吹号角召你们来和平协商——
约翰王	既然为本国利益，
	就先听本王之言。

法兰西兵临城下，
要来侵犯你们。
他们炮膛里装的都是仇恨，
准备向你们的城墙喷射钢铁怒气。
你们的城市之眼，
那紧闭的门户，
就要遭受法国人的疯狂进攻。
若非本王兵到，
法军仗着利炮已经破城直入，
围护你们安全的沉睡的石墙，
在炮火中早被连根拔起，
城中已经一片惨状，
任由法军铁蹄践踏你们的安宁。
现在你们名正言顺的国王
不辞辛苦地亲提大军火速救援，
在城前替你们挡住敌军，
城市的脸颊虽受威胁，
却没有遭到伤损。
你们且看法人已被震慑，只求议和。
他们不再用带火药的炮弹
震击你们的城墙，
却射出带烟雾的友好辞令，
企图骗你们相信。
各位亲爱的百姓，
让本王入城，
本王一路驱驰，甚是劳顿，
渴望入城安歇。

腓力王　　　　听我言毕，各位再斟酌回复。
　　　　　　　（他执亚瑟手）请看我右手牵的这位少年，
　　　　　　　我曾举此手为誓要为他主持公道。
　　　　　　　他是年轻的普朗塔热内家后人，
　　　　　　　那人兄长之子，
　　　　　　　本该是那的国王，
　　　　　　　那人所拥有之一切的主人。
　　　　　　　我方的铁骑踏上你们城前的绿野，
　　　　　　　只因正义被践踏，
　　　　　　　我们义愤难当，并非要与你们为敌，
　　　　　　　只奉天意救这少年于危难。
　　　　　　　既然你们真正的君主在此，
　　　　　　　是这位少年王子，
　　　　　　　那就践行忠君的职责啊。
　　　　　　　那么本王的军队也就偃旗息鼓，
　　　　　　　像斗熊场上套了嘴罩的熊，
　　　　　　　徒有凶相，却不伤人。
　　　　　　　我们不过望空放几声火炮，
　　　　　　　射向天上不怕攻击的云雾，
　　　　　　　然后便刀剑归鞘，悄然退兵。
　　　　　　　热血满腔而来，秋毫无犯而去。
　　　　　　　你等与城中妇孺尽可安心。
　　　　　　　你们若痴心抗拒本王的提议，
　　　　　　　这老旧的城墙可抵挡不住我火炮的进攻。
　　　　　　　即使这些善战的英军入城抵挡
　　　　　　　也都无济于事。
　　　　　　　那么告诉本王，

	你们做何决定，
	本王既代理亚瑟王子的权益，
	你们是否尊我为主人？
	还是等我下令攻城，
	在血泊中取得自己的领地？
城民	简言之，我等是英格兰国王的臣民。
	我们为他，以他的名义守城。
约翰王	那就来见过国王，迎我入城。
城民	这却不行。能证明自己是真国王的，
	我们才效忠于他。
	否则我们大门紧闭，任谁来都拒之城外。
约翰王	英格兰王冠不能证明谁是真国王么？
	如果还不相信，我来给你们证据：
	三万英格兰子弟——
私生子	（旁白）有私生子，还有别的人。
约翰王	——他们以性命证明本王的君主之尊。
腓力王	还有同样多的良家少壮子弟——
私生子	（旁白）也有私生子。
腓力王	——不承认他有继位权。
城民	你们商量出谁更有理之前，
	我们谁也不认，留待更有理的一方。
约翰王	那我们便大战一场决定谁是国王。
	夜露降临前，
	大批士兵便会魂归天堂，
	愿上帝宽恕亡灵之罪。
腓力王	阿门，阿门。骑士们上马战斗！

私生子	降龙勇士圣乔治[1],
	在酒馆老板娘的招牌上骑马的圣乔治啊,
	传授我们高超的剑术吧。——（对奥地利公爵）小子,
	我要是去您老巢和您婆娘共度春宵,
	就在您的狮皮上安个牛头,
	把您变成牛头狮身的怪物。
奥地利公爵	住口,少胡说。
私生子	颤抖吧,因为你们听到狮子吼了。
约翰王	我们且去高地,
	在那里精心排兵布阵。
私生子	快些行动,占据有利地形。
腓力王	就这样。令余下人马在对面山头列阵。
	为上帝与正义而战! 英法两军下,众城民留城上

之后两军过场交战。法传令官及号手数人自一门上,至城门前

法传令官	昂热百姓,打开城门,
	迎请年少的布列塔尼公爵亚瑟入城。
	他借法兰西之手,
	今日已使此地血流成河,尸横遍野,
	令许多英格兰母亲泫然泣下。
	看僵尸伏地,血洇荒丘,
	留下家中许多寡妻。
	法兰西旗开得胜,
	几乎未折一兵一卒,
	法军已凯旋,
	要以胜利者的姿态入城宣告,

---

1 圣乔治（Saint George）：英格兰守护神,著名的屠龙勇士。

布列塔尼的亚瑟是英格兰国王，你们的国君。

英传令官及号手数人自另一门上

英传令官　欢呼吧，昂热人，把钟敲响。

你们的君主——也是英格兰国王——

约翰王在这血战之日大胜而归。

英军去时白甲皑皑，

归来已被敌血染红征袍。

英人盔上一根翎毛

都未被法军长矛挑下。

我军去时执旗的兵将，

原班人马好好地握着旌旗归来。

生龙活虎的英国将士，

像凯旋的欢乐猎人，

他们的双手杀敌后染得血红。

打开城门迎接胜利者吧。

城民　（可为赫伯特）两位传令官，我们在城楼上观战，

从头到尾，自始至终，

你两军强弱，最好的眼力也难分辨。

以血换血，以暴击暴，双雄相抗，两强力搏。

两军实力相当，我城对你们的态度也没有两样。

真正的赢家我们才拥护，

只要不分出伯仲，

我们便闭城自守，留待将来的胜者，

既不为任何一方，亦是为了双方。

两国王率军自数门分上。私生子、艾莉诺太后、布兰绮随约翰王上；路易太子
与奥地利公爵随腓力王上

约翰王　法王，你还有热血可以拼杀么？

你是否愿为我方的正当要求让路？

我方的正当要求如滔滔河水，

你若设置障碍，

它便要涌出旧道，淹没两岸，

除非你不再横加干涉，

一任银涛白浪畅流入海。

腓力王　英王，你方在战斗中流的血不比我方少一滴。

只怕你的损失更大。

这一片天空下的土地，

都在这只手中掌握，

我凭这只手起誓，

我们为正义而战，决不退缩，

直到完成出征的使命，把你推翻，

否则就在阵亡者中增添一个国王，

给阵亡名册镀上一层王室的荣光。

私生子　霸气啊！两国王高贵的血液一旦燃烧，

那光芒真是直冲天宇。

死神已用钢铁武装双腭，

兵士手中刀剑就是他的毒齿獠牙，

趁两王互相为敌，

他便食肉饮血，残杀性命。

两王怎都面露迟疑？

下令厮杀吧，两位国君！

双雄军力相当，满腔怒火，再回血染的战场！

冲杀、流血、丧命，

直到一胜一负，杀出个分晓。

约翰王　城中人民现在承认哪一方呢？

腓力王	说呀，各位，以英格兰的名义，谁是你们的国王？
城民	等到知道谁是真国王，就认英格兰王为我们的国王。
腓力王	那就承认我这方，本王代理他的权力。
约翰王	承认我这方，本王无需代理。
	本王亲身在此，
	是昂热城汝等众人的君主。
城民	有一种比我们更强大的力量怀疑这一切。
	在明白真相之前，
	我们仍然要小心提防，紧闭城门。
	我们满心恐惧，直到哪位大王能将之驱逐，
	做我们的主宰。
私生子	天哪，昂热的混蛋们拿两位国王寻开心呢。
	他们立在城楼
	安安稳稳地观瞧指点，
	简直像在剧场
	一出一出看您两军死战的戏码。
	两位尊王且由我统领运筹，
	咱效法当年耶路撒冷叛军[1]，
	暂停干戈，同仇敌忾，
	用最强的战斗力攻打此城。
	给大炮装满火药，
	英法从东西两路猛攻，
	给这傲慢的城池几通惊心裂胆的火炮，
	直到轰倒它坚固的外墙。
	我要连连开火不容奴才们喘息，

---

1 指公元 70 年犹太不同派系联手抵抗罗马人对耶路撒冷的围攻。

打到城墙颓塌，

他们无遮无挡如同空气。

等打下这城来，

两位尊王再分兵对垒，

两军刀枪相向再血战一场，

即刻决出哪方更受命运之神眷顾，

哪方就是战争的胜利者。

在下斗胆进言，

两位尊王意下如何？

此计岂非颇有谋略？

约翰王　　　头上青天做证，我很喜欢这个建议。——

法兰西王，我们可否先合力攻城，

把昂热夷为平地，

再一战决定谁是国王？

私生子　　　如果你有王者的血性，

和我们一样被这卑鄙的城民如此侮辱，

就该和我们一样调转炮口，

朝向这傲慢无礼的城池。

铲平这座城后，

你我以命相搏，再角逐一番，

双方孰生孰死，便在此一战。

腓力王　　　就这样。那你们从哪个方向进攻？

约翰王　　　我们从西路进攻，

直捣城市中心。

奥地利公爵　我从北部进攻。

腓力王　　　我们的猛雷要从南面轰炸，

让这城上弹落如雨。

私生子	这部署真周密啊！从北到南。
	奥地利和法兰西相对开火。
	我要从中煽风点火。——来，行动，行动！
城民	两位大王请稍待，但求容申一言。
	愿献和平之策，握手结盟，
	大王兵不血刃而此城可得，
	也免得再伤性命，
	让这些将士得以寿终正寝。
	两位大王请勿执意攻城，请听我言。
约翰王	准你进言。愿闻其详。
城民	西班牙的布兰绮公主
	是英格兰王的外甥女。
	美丽的公主与路易太子年纪相当。
	如果血气方刚的爱情寻求美貌，
	那么娇美的布兰绮容貌无双。
	如果诚挚的爱情追求美德，
	那么贞静的布兰绮是最佳人选。
	如果野心勃勃的爱情看重门第，
	那么高贵的布兰绮公主世无其二。
	公主的姿容、品德、出身无可挑剔，
	青年太子也同样十全十美。
	如果说太子有哪一点不完满，
	便是缺少这样一位淑女。
	同样，如果说公主的完美中有什么不足，
	那便是欠缺这样一位郎君。
	他是天之骄子，其半已成，
	只等她来补充另外的一半。

　　　　她是绝世佳人，已成其半，
　　　　也只待他来补充完整。
　　　　当这样两道银色浪潮相遇，
　　　　必使包围浪涛的两岸增辉。
　　　　两位大王该作聚拢两流的堤岸，
　　　　玉成两位王族的婚事。
　　　　与其用刀枪火炮攻打我们坚固的城池，
　　　　不如王室联姻对我们发生作用更快。
　　　　只待联姻一成，
　　　　我等大开城门速速接驾。
　　　　若非如此，
　　　　我们有坚守城池的决心，
　　　　比怒波汹涌的大海更不可动摇，
　　　　比雄狮更无畏，
　　　　比山岩更不可扭转，
　　　　比狂怒的死神更刚愎暴烈。

私生子　　出问题了，死神这老头儿听见怕要生气，
　　　　气得一身破衣裳在他那烂腔子上都挂不住了。
　　　　这位大嘴一咧，
　　　　喷的都是死亡啦，山啦，海啦，
　　　　就这么平平常常地说着怒吼的雄狮，
　　　　简直像十三岁的小姑娘在说小狗狗。
　　　　劲头这么冲的家伙，是哪个火炮手生的？
　　　　他说话简直就是又点火又冒烟又轰炸的火炮。
　　　　他这舌头就是鞭子呀，
　　　　把我们的耳朵猛抽了一顿。
　　　　句句落在身上比法国人的拳头还疼。

        我的天！自从我管兄弟的父亲叫爹以来，

        还从没被人用话损得这么惨过。

艾莉诺太后   我儿听他建议促成这桩婚事吧。

        给我的外孙女陪送一大笔嫁奁。

        系住这条纽带，

        你现在还不安稳的王冠便可系牢。

        那小孩像棵嫩苗，要长成硕果，

        成了这门亲事，

        就没有阳光照他长大。

        我看法兰西王面露妥协之意，

        看他们正悄悄商议。

        趁他们被说动，赶快催促，

        要提防他的热情刚被苦苦哀求和同情软化，

        就又冷却凝结，回到从前的心思[1]。

城民   我城在被围之际献出一策，

        两位国王为何不作答复？

腓力王   英格兰王想好了，就请先讲话。

        你方是什么主张？

约翰王   如果贵太子在这部美丽的书中

        读出"我爱"两字，

        女方的嫁奁将敌得过一位女王。

        安茹、美丽的图赖讷、曼恩、普瓦捷，

        海岸这边我的王权所覆盖的领土——

        除了这座被围的城市——

1　原文此处既可解为法王对促成婚事的热情将来可能因亚瑟之母的哀求而变化，也可解为法王帮助亚瑟的热情正被昂热城民的恳求削弱。——译者附注

　　　　　　　都给她装饰婚床，

　　　　　　　给她无上的身份、

　　　　　　　荣誉和品级，

　　　　　　　如她的美貌、教养和高贵血统一样，

　　　　　　　处处可与世上任何公主匹敌。

腓力王　　　孩子，你的意见呢？看看小姐的面容。

路易　　　　父王，我看了公主的面容，

　　　　　　　在她眼中发现了奇事，也是一个奇迹。

　　　　　　　她眼中有我的影子，

　　　　　　　可您的儿子在她眸中像个太阳，

　　　　　　　那眸中太阳的光芒使您儿子本人倒像个影子。

　　　　　　　我声明从前并不自恋，

　　　　　　　但是见我堂堂的仪容在她眸中映得更美，

　　　　　　　现在也喜欢上了自己。（与布兰绮耳语）

私生子　　　开了膛的遗容映在她眸中，

　　　　　　　悬挂在她眉头的皱纹里，肢解在她心里。[1]

　　　　　　　此人自认是叛徒，

　　　　　　　为爱分尸不含糊。

　　　　　　　惜哉开膛又上吊，

　　　　　　　这一情种太庸俗。

布兰绮　　　这件事上我舅父的主张就是我的主张。

　　　　　　　如果您有令他喜爱之处，

　　　　　　　我把它变成自己的喜好

　　　　　　　是不用费力的。

1　原文中的 hanged、drawn、quartered 暗示叛徒受到的刑罚，drawn 既有描绘的意思，又有
　开膛的意思。私生子用文字游戏讽刺路易。

更恰当地说，

我可轻而易举地迫使它成为我之所爱。

我不愿恭维殿下，

说在您身上尽见可爱之处。

我只想说，

即使存心挑剔，

在您身上也找不出令我憎恶的地方。

约翰王　两个年轻人怎么想？外甥女，您是什么意思？

布兰绮　您的外甥女一向谨遵

您英明示下。

约翰王　那么太子，您会爱这位小姐么？

路易　不，还是问我能否忍住不爱，

因为我确是真诚地爱她。

约翰王　那我将五省作陪嫁——

伏尔克森、图赖讷、曼恩、普瓦捷、安茹。

另外还要附送

英币三万马克。

法王腓力，你若同意，

命你的儿子与儿媳牵手吧。

腓力王　我很乐意。年轻的太子和公主，你们牵手吧。

奥地利公爵　还要接吻，因为我确定，

当年我订婚时就是这样。（路易与布兰绮牵手、接吻）

腓力王　昂热城城民，现在打开城门吧，

迎进你们促成联盟的双方。

因为我们要在圣玛丽大教堂

即刻举行婚礼。

康斯坦丝夫人不在队列中吗？

	我知道她不在。
	如果她在，一定会阻挠这桩婚事。
	她和她那儿子在哪里？哪位知道，告诉我。
路易	她正在您帐中伤心悲恸。
腓力王	坦率说，我们结盟
	对她的悲痛没有一丝治愈作用。——
	英格兰王兄，我们如何安抚这位寡居的夫人？
	本王本为争取她的权力才来，
	天晓得怎就改弦易辙，
	如今为自己牟利了。
约翰王	本王都会安排妥当。
	本王要封年少的亚瑟
	做布列塔尼公爵、里士满伯爵，
	要令他在这座丰饶美丽的城市做主人。
	请出康斯坦丝夫人，

速遣急使请夫人出席婚典。 　　　　　　索尔兹伯里？[1] 下

我相信咱们即便不能完全满足她，

也能多少安抚她，

堵住她的怨言。

时间紧迫，我们尽快赶去，

操持这场意料之外、毫无准备的婚礼。

　　　　　　　　　　　　　　　　　　除私生子外众人下

私生子	疯狂的世界，两个疯狂的国王，疯狂的和议！
	约翰为了阻止亚瑟主宰全国，
	情愿割舍部分领土；

---

1 原文人名后有问号。——译者附注

法王受良心驱使披挂上阵，

秉一腔热忱与仁义，

俨然上帝的钦兵。

但是有个狡猾的魔鬼在他耳边低语，

它是个总教唆人背信弃义的掮客，

这个每日言而无信的东西，

没人能逃出它的股掌：

国王、乞丐、老年、青年、姑娘——

可怜的姑娘，

除了"黄花姑娘"的名声之外一无所有，

那东西便骗走她的这个名声——

这位笑脸迎人的殷勤绅士，

就是挠得人神酥心痒的"利益"。

世界本来平平正正地运行，

都是"利益"勾它走向邪路，

"利益"这股引人作恶的邪力，

引得这世界偏离了正途，丢失了公正心，

全忘了原来的方向、目标、道路和志愿。

就是这个勾人的"利益"，

这个淫媒、掮客，这祸乱天下的名字，

它蒙住了三心二意的法兰西王的眼睛，

引得他背离了原本坚信的目标，

一场坚决而正义的战斗，

便以无耻而卑下的议和收场。

而我为何谴责"利益"呢？

只是因为它还没有诱惑过我，

不是因为我能洁身自好，

倘若印着天使的金币送到掌中，
我可没有握拳抵抗的能力。
只因我的手还没经过诱惑，
我才像乞丐一样咒骂富人。
我做乞丐时会说世间之恶莫过钱财，
将来发迹时会说世间之恶无非贫穷。
既然国王见了"利益"都背弃信义，
就让"牟利"做我的君主，我要信奉你。　　　　　下

第二场　　/　　第三景

康斯坦丝、亚瑟与索尔兹伯里上

康斯坦丝　　　（对索尔兹伯里）结亲去了？定合约去了？
劣种配劣种！做朋友去了？
路易娶到布兰绮，布兰绮得到几个省？
不对吧，你说错了，听错了。
好好想想再说。
不可能，你只是这样说说。
我确信我不能信任你，
你这不过是一个草民的信口雌黄。
相信我，我决不相信你这个家伙。
国王曾给我承诺，和你说的相反。
你这样惊吓我要受罚的，

我在病中哪经得起什么惊吓；

我满腔委屈，已经饱受惊吓；

孀妇没有夫主，易受惊吓；

身为妇人，天生就爱受惊吓。

即使你现在承认这是玩笑，

我这一整天都会

心惊胆战，难以平复。

你摇头是什么意思？

你为何这样哀伤地看着我的儿子？

你用手捂着胸口又是何意？

你为何眼中含泪，

像河中涨水要漫过堤岸？

这些悲伤的神情在证实你的话吗？

你再说一次，不要整个复述，

只说一句：你前面讲的真不真？

索尔兹伯里　　是真的，正如我相信您不信任英法两王的为人，

这一点能让您相信我的话是真的。

康斯坦丝　　你与其让我相信这悲哀，

不如教悲伤来杀死我。

让信以为真的心和生命

像两个亡命之徒，

一旦相逢便同归于尽。

路易要娶布兰绮！——

（对亚瑟）孩子，那把你摆在哪里？

英法要交好了，我怎么办呢？——

（对索尔兹伯里）你这家伙出去，我受不了你在眼前，

你带来的消息让你变得太丑陋。

索尔兹伯里	尊贵的夫人，我只不过把别人做的坏事告诉您，
	还做了什么别的坏事？
康斯坦丝	这坏事本身太恶，
	连说起它的人都变恶了。
亚瑟	母亲大人，求您不要焦急。
康斯坦丝	你劝我不要焦急，
	要是这个劝我的儿子丑陋不堪，
	让为娘丢人，
	要是他一身恶心的斑痕，
	又瘸又傻，弯腰驼背，
	黑皮怪相，满身黑痣恶瘤，
	我可能会不在乎，不焦急。
	如果那样，我就不会爱你，
	而你也不配这高贵的出身，
	不配戴上王冠。
	但你风姿俊美，亲爱的孩子，
	诞生之时天资与命运联手使你不凡，
	你的天资可比百合，和那初吐芬芳的玫瑰。
	但命运却受贿变节，被人从你身边拉走。
	命运她屡屡和你叔父约翰私通，
	用金色的手掌挑动法兰西王，
	践踏王权的尊严，
	她唆使法王以国君之尊来做淫媒。
	命运这娼妇，约翰这篡位之徒，
	法兰西王就是他们的淫媒。——
	（对索尔兹伯里）这家伙，你说法兰西王是不是背信之徒？
	你给我用狠毒的词骂他，

不然就走开，让我自己承受痛苦。

索尔兹伯里 夫人，请原谅。

您若不同去，我没法向两个国王复命。

康斯坦丝 你可以去，你必须去。我不会跟你走。

我要让自己的悲苦骄傲起来，

悲苦庞然傲世，压得主人直不起腰身。

召两王来见我和我心中的大悲苦。

因这悲苦实在庞大，

只有广阔坚实的大地才能支撑。

和悲苦同栖，我的御座就在此地，

（她席地而坐）

传英法两王，来对王位鞠躬敬礼。

　　　　　　索尔兹伯里与亚瑟下，康斯坦丝仍席地而坐

第三幕

第一场 / 景同前

约翰王、腓力王、路易、布兰绮、艾莉诺太后、私生子与奥地利公爵上

腓力王　　　　是真的，好儿媳，

这吉日将在法国代代欢庆。

为烘托此日的庄严，

骄阳当空常驻。

天目垂光，

点化瘠土成金。

此后年年

当庆此佳期。

康斯坦丝　　　（起身）邪恶的日子，哪里是佳期!

今天有什么了不起?

有什么事值得

用金字在日历上大书特书一笔?

这是耻辱日、伤害日、背信弃义日，

该把它从一周中删去。

如果这一天非留在日历上，

让孕妇们祈祷腹中块肉不要在这天落地，

免得诞下怪物，把她们的希望全都惊破。

只要避开这天，水手尽可安心出海，

各种交易都能圆满顺利。

在这天办的事都不得善终，

啊，就连忠心都会变成虚伪的谎言。

腓力王　　上天做证，夫人，

您不该诅咒今天美好的事情。

我不是曾以国王的尊严向您保证过的？

康斯坦丝　您用伪装的尊严欺骗了我，

您的尊严根本经不住检验。

您言而无信、言而无信。

您领兵来和我的敌人血刃相见，

反倒与之联姻，助其生力。[1]

战争的杀气与怒火

在虚假的和平友好中冷却。

我们受的欺侮促成了你们的联盟。

诸天之神啊，惩罚这两个不义的国王！

一个孀妇在求告，上天啊，

像夫主一样为我做主啊！

别让这亵渎神明的一天安安稳稳过去，

日落之前，让两个不义的国王打起仗来。

上天垂听，上天垂听！

奥地利公爵　康斯坦丝夫人，请你平静！

康斯坦丝　战争，战争，平静不得！平静对我就是战争。

利摩日[2]，奥地利公爵啊，

你真辱没了这件带血的战利品[3]。

1　原文 But now in arms you strengthen it with yours，此处 arms 是双关语，既表示军力，又表示家族纹章，意指路易和布兰绮婚后纹章合并。

2　即奥地利公爵。莎士比亚把两个历史人物糅合在奥地利公爵这个角色身上：奥地利的利奥波德公爵（Duke Leopold of Austria）和利摩日的维多马尔子爵（Viscount Vidomar of Limoges）。

3　原文 bloody spoil，指原为狮心王所有的狮皮。

你这奴才、混账、懦夫！

你胆小如鼠、作恶多端，

就会依附强者，仗势欺人，

你给命运这个女人当打手，

却要这浪妇在旁边保驾，才敢出手，

你也是背信弃义、趋炎附势之徒，蠢货一个。

张牙舞爪的蠢货，

还吹过牛，顿足发誓站在我这边。

你这冷血的奴才，

原来不是像打雷一样地喊着支持我，发誓效忠于我，

让我信赖你的星相、你的命程和你的力量？

现在怎么投敌去了？

你居然穿着狮皮！别丢人了，脱了吧。

你这胆小鬼还是披块无勇无谋的小牛皮[1]吧。

奥地利公爵	要是男人跟我说这话，我可不客气了。
私生子	胆小鬼还是披块无勇无谋的小牛皮吧。
奥地利公爵	混账东西，你敢这么说是不要命了？
私生子	胆小鬼还是披块无勇无谋的小牛皮吧。
约翰王	本王不喜欢你这样放肆。

潘杜尔夫[2]上

腓力王	教皇的圣使来了。
潘杜尔夫主教	两位受命于天的君主，向你们致敬。——
	约翰王，我奉命和你交涉。
	在下潘杜尔夫，米兰主教，

---

1 原文 calf's-skin，含有傻瓜、懦夫的意思。"无勇无谋"为译者据此所加。——译者附注
2 潘杜尔夫的角色融合了主教和教皇特使这两个历史人物。

今为英诺森教皇特使，

以教皇的名义郑重地向你质询：

你为何执意背离我教廷，

背离我们神圣的母亲？

为何强行抵制当选坎特伯雷大主教的斯蒂芬·兰顿[1]，

不让他担任圣职？

我以英诺森教皇的名义

向你质问此事。

约翰王   俗世中谁的名义

能质询不受约束的神圣国君？

主教，你来质问我，

不能编造出教皇

这样无足轻重、荒谬可笑的名义。

你就照这样回复他，

还告诉他英格兰王说，

意大利神父不能在本王领地收缴捐税。

神天之下，本王至尊，

天主之下的大权本王独握，

不要凡人俗手来扶持。

把这番话告诉教皇，

我对他本人

和他篡夺的权威没有敬意。

腓力王   英格兰王兄失礼了。

约翰王   您和整个基督教世界的国王

都被那挑拨是非的教皇愚弄了。

---

1 斯蒂芬·兰顿（Stephen Langton）被英诺森教皇选为坎特伯雷大主教，但遭到约翰王抵制。

　　　　　　你们怕受诅咒，那诅咒只要给钱就能免除。

　　　　　　你们用肮脏的金钱、秽物、粪土

　　　　　　从某个人手里买到不洁的宽恕，

　　　　　　他卖掉了一个凡人的宽恕。[1]

　　　　　　您和那些国王都不惜用捐税

　　　　　　维持这巫术的戏法，

　　　　　　可我独独要反对教皇，

　　　　　　凡是他的朋友我就要对抗。

潘杜尔夫主教　　我用自己的合法权力宣布，

　　　　　　你被诅咒，被逐出教廷。

　　　　　　谁若撕毁与这个异教徒的盟约，

　　　　　　谁就得到神佑。

　　　　　　谁能用任何密谋

　　　　　　结束你卑鄙的生命，

　　　　　　谁就是有功之人，

　　　　　　会被奉为圣徒。

康斯坦丝　　啊，让我也有合法权力，

　　　　　　和罗马教廷一起诅咒一阵。

　　　　　　好主教，请你在我狠狠地诅咒他之后说"阿门"。

　　　　　　再没人像我这样受欺侮，

　　　　　　能像我一样恰当地诅咒他。

潘杜尔夫主教　　夫人，我的诅咒是合法的，我有权诅咒他。

康斯坦丝　　我的也是。要是律法不能主持正义，

　　　　　　就不要让律法禁止诅咒报复。

　　　　　　律法不能把王国给我的儿子，

1　此处也指教皇此举招致了他自己的罪孽。

因为占着他的王国的人也掌握着律法。

那么，如果律法本身完全不公平，

它怎能禁止我的舌头不去诅咒呢？

潘杜尔夫主教 法王腓力，小心被诅咒的危险，

放开那异教首脑的手吧。

只要他不投降罗马教廷，

就率法兰西军队讨伐他。

艾莉诺太后 法兰西王，你怎么面无血色？不要撤回你的手。

康斯坦丝 魔鬼来看着点，别让法兰西王反悔，

他若撒手，地狱里就少一个恶鬼了。

奥地利公爵 腓力王，听主教的话吧。

私生子 在这胆小鬼身上披一块小牛皮。

奥地利公爵 混账，我只能先容下你的羞辱，

因为——

私生子 您的裤子最好能容下一顿臭揍[1]。

约翰王 腓力，你对主教的话怎么回复？

康斯坦丝 他只能按主教的话做，还能怎么说？

路易 父亲，您权衡一下，

招致罗马教廷的诅咒为重，

失去英格兰这个朋友为轻。

我们应舍弃轻的一方。

布兰绮 轻的一方是罗马教廷的诅咒。

康斯坦丝 路易啊，要坚定。

1　原文 Your breeches best may carry them，私生子根据上文奥地利公爵说的"容下羞辱"
（pocket up these wrongs）开他的玩笑，breeches 原指裤子，此处暗示挨一顿鞭打。——译
者附注

	魔鬼化作没圆房的新娘，披着长发来诱惑你了。
布兰绮	康斯坦丝夫人的话不是出于信仰，
	而是因为她自己有所求。
康斯坦丝	啊，如果你承认我有所求，
	我是因为别人背信弃义才有所求，
	那么势必可以得出这个论断：
	当我不再有所求时，信义就会重生。
	如果消灭我的所求，信义就高涨啊；
	但若不让我的所求消失，信义仍然倒地不起。
约翰王	法王动摇了，他不回答。
康斯坦丝	（对腓力王）哦，离他远点，再好好回答！
奥地利公爵	就这样做啊，腓力王，别再身陷犹豫中。
私生子	身陷哪里都行，就别身陷小牛皮中，宝贝蠢货。
腓力王	我已经迷惑了，不知该说什么。
潘杜尔夫主教	要是你被逐出教廷，遭到诅咒，
	可不是说什么话都会使你更迷惑?
腓力王	尊敬的好主教，您设身处地替我想想，
	告诉我如果是您会怎么做。
	那位国王的御手和我的手
	新近握在一起，
	我们内在的灵魂
	刚通过誓言的神圣力量结成盟约。
	我们刚刚谈了两国与两王之间
	矢志不渝的忠诚、和平、亲好和真诚友爱。
	而不久前我们还在对阵厮杀，伤亡惨烈，
	天哪，杀得手上沾满鲜血，
	复仇之神留下盛怒的国王激战的痕迹。

现在刚刚议和，

我们的两只手

才刚涤净血痕，握出友爱。

或战或和，都曾如此坚决，

难道就此分开，恩断义绝？

我们现在若把手掌扯开，

岂不成了一天三变的黄口小儿，

对誓言如儿戏，

对上天言而无信？

难道要把已经立下的誓言收回，

用大军的铁骑践踏温馨的婚床，

扰乱温文尔雅的真诚面容？

神圣的大人啊，

我尊贵的主教，不要这样啊。

不要让这样的事发生。

请发慈悲制定颁布缓和些的命令，

我们可以欣然从命，

还能保持友谊。

潘杜尔夫主教 若不和英格兰断交，

一切都颠倒混乱。

拿起武器吧，为我们的教会而战。

否则就让教会——我们的母亲——发出诅咒，

一个母亲的诅咒，诅咒她的逆子。

法兰西王，你可以执毒蛇的信子，

抓雄狮的利爪，

摸饿虎的牙，

也不能再和你握的那只手和平友好下去。

腓力王　　　手可以分开，可不能失了信义呀。

潘杜尔夫主教　你把信义和对主的信义敌对起来，

　　　　　　用誓言反对誓言，一番话反对另一番话，

　　　　　　像是一场内战。

　　　　　　你先对天立誓，要履行的首先是对天的誓言，

　　　　　　因此要为我们的教会而战。

　　　　　　你此后的誓言便都与你自己矛盾，

　　　　　　可以不要去履行。

　　　　　　因为当你立誓要做错事，

　　　　　　如果反过来不做就避免了错误；

　　　　　　若履行会犯错误，

　　　　　　不履行便是最忠信正确的做法。

　　　　　　如果拿错了主意，

　　　　　　对这主意最好的执行办法

　　　　　　就是再反悔一次。

　　　　　　虽然绕了路，一绕再绕却能直达。

　　　　　　此之谓以错治错，就像用火疗治烧伤。

　　　　　　使人守约的是宗教信仰，

　　　　　　而你的誓言与宗教信仰相悖。

　　　　　　你指着信仰起誓，你发的誓却违反信仰。

　　　　　　你用一个誓言来担保，

　　　　　　担保你必定会违背另一个誓言。

　　　　　　你心思不决地起誓，

　　　　　　只能起誓说要遵守誓言，

　　　　　　否则起誓这事不就成了讽刺[1]？

1　此句在此版本中与其他版本断句方式不同。——译者附注

但你正是发誓要违背誓言，

越是守约，就越是违背誓言。

因此你后起的誓和先起的誓相抵触，

你自己背叛了自己。

最好的办法就是坚定高贵的良知，

拿起武器战胜自己的虚浮放逸。

如果你允许，

我会用祈祷支援你的良知。

否则，要知道我的诅咒降在你身上，

会压得你无法挣脱，

直到在可怕的重压下绝望而死。

奥地利公爵　背叛，赤裸裸的背叛！ [1]

私生子　怎么？

一张小牛皮还堵不住你的嘴吗？

路易　父亲，拿起武器吧！

布兰绮　在婚礼当天？向与你联姻的血亲宣战？

难道参加我们婚宴的将是一群被杀之人？

难道用凄厉嘈杂的鼓号

给我们的婚典奏出地狱之声？

夫君啊，请听我说。

悲哀啊，"夫君"这词

在我口中是多么新鲜呀。

我舌尖第一次叫出这个称呼，

为了这个称呼，我跪下请求，

不要出兵攻打我的舅父。（她可在此时跪地）

1　奥地利公爵是在重复、琢磨主教前面说的"你自己背叛了自己"。

康斯坦丝	啊，我屈下已经跪僵了的膝头，（她可跪地） 请求你啊，高贵的太子， 不要改变天意决定的道路。
布兰绮	现在我可以看到你对我的爱。 还要什么力量比妻子的名义更能推动你？
康斯坦丝	那就是他的荣誉。 你由他支撑着，而他靠荣誉支撑自己。—— （对路易）路易啊，你的荣誉，想想你的荣誉！
路易	（对腓力王）我真纳罕您在这重大决策的关头， 显得这么淡然。
潘杜尔夫主教	我将宣布把诅咒降在他头上。
腓力王	你不需要了。英格兰王，我和你断交。
康斯坦丝	哦，好啊，国君的尊严失而复得！（她可起身）
艾莉诺太后	善变的法国人无耻地背叛我们！
约翰王	法兰西王，你即刻就会反悔。
私生子	时间这个调表的老头，在教堂调钟挖坟的秃子。 事情按他的意愿进行吗？那么法兰西王是要反悔的。
布兰绮	天上血光蔽日，永别了，美丽的日光。 我该跟从哪一方呢？ 我本属于双方， 和两边各伸一手相握， 两边发起狂怒，把我粉碎肢解了。 夫君，我不能为你的胜利祈祷。—— 舅父，我必须祈祷你失利。—— 公公，我不希望你取得胜利。—— 外祖母，我不想让你的愿望实现。 无论谁取胜，我都遭受损失。

战争还没有开始，我就注定要失败。

路易　　　小姐，跟着我。你的命运是跟我在一起的。

（他可扶她起身）

布兰绮　　只怕时亨运泰之处，我便要命丧身亡。

约翰王　　侄儿，去集合队伍。　　　　　　　　　　私生子下

　　　　　　法兰西王，我已经怒火满腔，

　　　　　　愤怒的火焰在灼烧，

　　　　　　能平息我怒火的只有鲜血，

　　　　　　还须是法国最高贵的鲜血。

腓力王　　你的怒火就把自己烧成灰了，

　　　　　　不用本王的血来浇灭它。

　　　　　　小心啊，你已危在旦夕。

约翰王　　你这只会出言恫吓之人更是命悬一线。速速开战！

　　　　　　　　　　　　　　　　　　　　　　　　众人下

第二场　　/　　第四景

警号。两军过场交战。私生子执奥地利公爵头上

私生子　　天哪，今天真是热。

　　　　　　天上定有恶魔飞过，降下灾害。

　　　　　　把奥地利的头先放在这里，（他放下奥地利公爵头）

　　　　　　菲利普要喘口气。

约翰王、亚瑟与赫伯特[1]上

约翰王	赫伯特，看好这个男孩。——菲利普，快去，
	我母在帐中遭袭，
	恐怕已经被擒。
私生子	主上，我已把她救出。
	太后安然无恙，您不用担心。
	但请主上继续进军，
	战争的胜利已唾手可得。 众人下

警号。两军过场交战。收兵号。约翰王、艾莉诺太后、亚瑟、私生子、赫伯特及众贵族上

约翰王	（对艾莉诺太后）就这样，您留在后面，
	派重兵护卫。——（对亚瑟）侄儿，不要满面悲伤，
	你祖母爱你；
	你叔叔也会像父亲一样疼你。
亚瑟	哦，这会让我母亲伤心得死去。
约翰王	（对私生子）侄儿，到英格兰去！
	本王驾转之前你去抖一抖
	爱敛财的修道院住持们手里的钱袋，
	放出被囚禁的币上天使[2]。
	和平时期养肥的排骨，现在要给饥饿的人吃。
	你要彻底执行本王的命令。
私生子	金银在向我招手，
	就算拿圣铃、经书和蜡烛[3]来诅咒也不能使我回头。

1　赫伯特角色的原型可能是约翰王时期的首席政法官赫伯特·德伯格（Hubert de Burgh）。
2　指金币。
3　这三件物品用于天主教把公众逐出教会的仪式。

我辞别圣驾了。——

祖母，我要是能想起神圣的信仰，

就祈祷您平安。吻您的手。

艾莉诺太后　再会，好孙儿。

约翰王　　　侄儿，再会。　　　　　　　　　　　　私生子下

艾莉诺太后　（对亚瑟）过来，孩子。跟你说句话。

约翰王　　　赫伯特，你来。（他引赫伯特至一旁）

好赫伯特，我很感谢你。

我肉身中的灵魂觉得欠你的情，

希望加倍报还。

亲爱的朋友，你自愿效忠的誓言

就珍藏在我心里，

把手给我。我有事要讲，

还是等更合适的时机再说。

苍天在上，赫伯特，

我简直羞于说出

我对你多么喜爱。

赫伯特　　　主上对我恩重如山。

约翰王　　　好朋友，现在还不到你这么说的时候，

但很快就到了。

时间流转得从未这样慢，

但总有一天我会好好报答你。

我原本有事要说，但先不说了罢。

太阳当空，骄傲的白昼

充满了世间的欢乐，

只知轻薄嬉戏，追逐浮华，

不肯听我说话。

　　　　　　　　如果夜钟的铁舌铜口

　　　　　　　　在困倦的暗夜旅途中回响；

　　　　　　　　如果我们站在墓园，

　　　　　　　　而你心怀一千种冤屈；

　　　　　　　　如果抑郁这个乖戾的鬼东西

　　　　　　　　把你的血烤得黏稠沉重，

　　　　　　　　而不是在血管中上下欢腾，

　　　　　　　　使人们眼中常有傻笑，

　　　　　　　　两腮呆笑得绷起来——

　　　　　　　　那种情绪太不合我的意；

　　　　　　　　如果你能见而无需眼目，

　　　　　　　　听而无需双耳，答而无需唇舌，

　　　　　　　　无眼耳之用，无语声之害，只消念头微动，

　　　　　　　　那么在天目昭昭、明察毫厘的白昼，

　　　　　　　　我也会向你倾吐一腔心事。

　　　　　　　　可是啊，现在不行。但我非常爱你。

　　　　　　　　说心里话，我想你也爱我。

赫伯特　　　我非常爱您。

　　　　　　　　爱到可以不顾性命，任您驱驰。

　　　　　　　　对天发誓，我愿为您效劳。

约翰王　　　这我岂能不知？

　　　　　　　　好赫伯特，赫伯特，赫伯特，

　　　　　　　　抬眼看看那个小男孩。

　　　　　　　　我来告诉你，朋友，

　　　　　　　　他是拦在我路上的一条毒蛇。

　　　　　　　　不论我迈步向哪方，他都横在我面前。

　　　　　　　　你明白我的意思了？你负责看管他。

赫伯特	我会严加看管，
	不让他危害圣主。
约翰王	死。
赫伯特	主上？
约翰王	坟。
赫伯特	他活不了。
约翰王	够了。
	我自此可得欢愉。赫伯特，我爱你。
	但我不说怎样报答你。
	记住。——母后，再会。
	我会给您派来人马。
艾莉诺太后	愿我的祝福伴随你。
约翰王	侄儿，去英格兰吧。
	赫伯特服侍你定不懈怠。
	众将士听我令同往加来 [1]。

艾莉诺太后自一门，余自另一门下

第三场 / 第五景

腓力王、路易、潘杜尔夫主教及众侍从上

腓力王　　　　海上一场风暴，

---

1 加来（Calais）在今法国北部。——译者附注

	舰队全盘失利，
	溃不成军，四散奔逃。
潘杜尔夫主教	鼓起勇气，放宽心。一切都会好转。
腓力王	已经一败涂地，怎能好转？
	难道我方未战败？难道昂热未失守？
	难道亚瑟没被俘？难道诸好友未丧命？
	凶恶的英王不是击退了法军的阻截，
	蔑视着法兰西，回英格兰去了？
路易	他攻下的地方都严加防守。
	他真是出兵迅猛，布防严谨，
	激战中尚能这样从容调度，
	真是前无古人。
	有谁读过或者听过如此用兵？
腓力王	只要有人曾像我们一样屈辱，
	英格兰被这般赞美，我就能忍受。

康斯坦丝上，精神错乱，披头散发

	看谁来了？一座灵魂的坟墓，
	不顾她自己的意愿，
	在悲惨生命的苦牢中囚禁永恒的魂魄。
	夫人，请和我一起走。
康斯坦丝	哦，现在看看您那合约的后果。
腓力王	忍耐些，尊贵的夫人。放宽心，亲爱的康斯坦丝。
康斯坦丝	不。我拒绝一切劝说一切救助。
	只接受终结一切劝说的真正救助。
	死亡，死亡，哦，可爱温柔的死亡。
	你芬芳的恶臭！健壮的腐朽！
	从漫漫长夜的卧榻上起身吧，

你令飞黄腾达之人憎恶恐惧，

我愿亲吻你丑恶的朽骨，

把自己的眼球嵌进你空洞的眼眶，

把你居处的蠕虫缠在我手指上，

用恶心的泥土堵住进出呼吸之口，

成为和你一样的腐尸魔怪。

来啊，对我狞笑，我视之为莞尔一笑，

我会给你妻子的吻。

和苦难相恋的情人，哦，来到我身边！

腓力王	美丽的受难者，请安静！
康斯坦丝	不，不。只要一息尚存，我就要喊叫。

哦，但愿我的舌头生在惊雷的口中，

那我便能激烈地震动世界，

把那丑恶的骷髅从沉睡中惊起。

它听不到一个女人的细弱嗓音，

蔑视普普通通的恳请。

潘杜尔夫主教	夫人，您喊的是疯话，不是伤心话。
康斯坦丝	你是神圣的主教就不该这样诋毁我。

我没有发疯。我扯的是自己的头发。

我的名字是康斯坦丝。我曾是杰弗里的妻子。

小亚瑟是我的儿子，他已经不见了。

我没有发疯。我倒祈求上天，愿我是疯了。

疯了，我就可能忘记自己。

哦，如果我可以，就能忘记那么多悲伤。

主教，你要是给我讲道能让我发疯，

你会被奉为圣人。

因为我不发疯就能感受痛苦，

那么理性便指引我摆脱这些苦，

教我自杀或者上吊。

我如果疯了，就能忘记我的儿子，

或者疯疯癫癫地把他想成一个布娃娃。

我没有疯。

我能太清楚、太清楚地

分辨出每一种痛苦。

腓力王 　请束起头发。

哦，我在她一头浓密秀发里

看到何等的爱呀！

偶然落上一滴银色泪珠，

万缕发丝便会在悲悯的哀苦中黏结，

像苦难中的恋人般

忠诚厮守，难舍难分。

康斯坦丝 　去英格兰，如果您愿意。

腓力王 　束起您的头发。

康斯坦丝 　好，我会的。但我为什么要这么做？

刚才我把头发扯开，一边大叫，

"哦，但愿我的手能解放我的儿子，

就像它们解放头发一样！"

但现在我嫉恨头发有自由，

我要再把它束起来，

因为我可怜的孩子正做阶下囚。（她束起头发）

主教大人，我曾听您说过，

在天堂我们将见到、认出过去的亲友。

如果真是这样，我就能再见到我的孩子。

从最早的男孩该隐[1]出生

到昨日呱呱坠地的婴儿，

世上从没诞生过这么美妙的生命。

但现在忧伤这条虫子将要啃噬我的花蕊，

夺走他脸颊上天然的光彩，

令他像鬼魂一样干瘪，

如疟疾病人一样憔悴，他将会死去。

他那个样子升入天堂，

我在天庭见了也辨认不出。

所以我永远、永远也见不到

我漂亮的小亚瑟了。

潘杜尔夫主教	您把悲苦看得太重了。
康斯坦丝	没有过儿子的人，才和我说这样的话。
腓力王	您像迷恋自己儿子一样地迷恋悲苦。
康斯坦丝	悲苦若能填补我孩子的空缺，

睡他的床，随着我来来去去，

扮成他那漂亮的样子，重复他说的话，

让我想起他一切可爱之处，

填满他空空的衣裳，

那我就有理由迷恋悲苦了吧？

再会。如果您像我一样受苦，

我能更好地安慰您。（她扯散头发）

我头脑里这样乱，

头上也用不着整理了。

主啊，我的孩子，我的亚瑟，我漂亮的儿子，

---

1 该隐（Cain）:《圣经》中亚当与夏娃的长子（他杀害了自己的弟弟亚伯（Abel））。

	我的生命，我的欢乐，我的粮食，我的整个世界。	
	我孀居中的慰藉，我疗愁的良方。	下
腓力王	她怕是要做什么极端的事，我去跟着她。	下
路易	我在这世上已全无乐趣。	

           人生就像讲了又讲的故事，

           让昏昏欲睡的人听得耳朵起茧，

           深深的耻辱已使生命这个词失去了味道，

           它的一切不过是耻辱和悲哀。

潘杜尔夫主教   一场大病痊愈前，

           就在将要复原的时刻，

           总会最猛烈地发作。

           灾害将去之时也为害最猛。

           今日战败，你失去了什么？

路易   所有光荣、欢乐、喜悦的日子都失去了。

潘杜尔夫主教   如果您得胜了，您一定会失去这些。

           不，不。命运之神将给谁莫大幸运，

           她便圆睁怒目瞪着谁。

           约翰王损失良多，还满心以为自己得胜。

           真是不可思议。

           亚瑟被他掠走，您不难过么？

路易   满心难过，就像俘虏亚瑟的人满心欢喜一样。

潘杜尔夫主教   您的头脑真是像您的热血一样年少。

           听我用未卜先知的心灵和您说话。

           我的话出口，那气息便可扫去

           每一粒尘霾、每一根草梗，每一个障碍，

           让您踏上直通英格兰王冠的坦途。

           所以用心听啊：

约翰俘虏了亚瑟，

只要那小孩的血管里还流淌着温热的生命，

那僭位的约翰不可能有一小时，

一分钟，乃至片息的安宁。

暴力夺取的权力必须用暴力维护。

时时要滑倒的人，

不论什么都会抓来支撑自己，

不嫌其丑恶。

约翰要想站稳，亚瑟就必须倒下。

必定如此，这是势所必然。

路易 但小亚瑟如果倒下我能得到什么？

潘杜尔夫主教 借您妻子布兰绮的权力，

您可以提出像亚瑟一样的要求。

路易 然后像亚瑟一样失去它，失去一切，连同性命？

潘杜尔夫主教 您真是少不更事，在这老辣的世界里，您太稚嫩了。

约翰为您铺了路，时势在成就您。

若为了安坐王位而杀戮血统纯正的王嗣，

他的安全必受血淋淋的威胁，不能安稳。

他行事如此狠毒，追随者必定心寒，

对他的热爱也变成了冰雪。

他们会抓住一切微小的机会

对抗约翰的统治。

天上过一颗流星，

自然界出现任何现象，某日天气异常，

甚至一阵风起，一件平常事发生，

他们都不会放过。

他们会不顾自然原因，附会出天象、异兆、神示，

　　　　　　说它们违背常态、意义不祥，
　　　　　　昭示着上天将降罪于约翰。

路易　　哦，太子殿下。当他听到您来的消息，

潘杜尔夫主教　哦，太子殿下。当他听到您来的消息，
　　　　　　如果那时小亚瑟没有被害，
　　　　　　消息一到他就会丧命。
　　　　　　那时民心就要背弃他
　　　　　　而欢迎初露端倪的变化。
　　　　　　看到约翰指尖染血，
　　　　　　他们就会为叛乱和怨愤
　　　　　　找到有力的理由。
　　　　　　我似乎已看到变乱的到来。
　　　　　　还有对您更有利的呢！
　　　　　　私生子福康勃立琪正在英格兰
　　　　　　劫掠教会，亵渎圣门。
　　　　　　只消十几个法国军人，
　　　　　　就能唤来万名英人归附。
　　　　　　或像一点点积雪，
　　　　　　只需翻滚几下，便庞然成山。
　　　　　　尊贵的太子，和我去见国王。
　　　　　　英人如今满心怨怼，
　　　　　　我们趁此良机，可成大事！
　　　　　　去英国啊。我要去劝说国王。

路易　　强有力的理由带来不寻常的行动。走啊。
　　　　　　运筹停当参王驾，王必从君金玉言。　　　　众人下

第四幕

第一场　/　第六景

英格兰，一监狱

赫伯特及行刑手数人上，携绳子、烙铁

赫伯特　　把铁给我烧热，留神站在帐后。

我一跺脚你们就冲出来，

你们会看到我身边有个男孩，

把他在椅子上捆紧。

要留心，去守在那里。

行刑手甲　希望您得到的命令确实这样要求。

赫伯特　　不要妄存疑虑。不要害怕，留心守候着。

（行刑手数人退入墙幔后）

小伙子，来啊，我有话和您说。

亚瑟上

亚瑟　　　早安，赫伯特。

赫伯特　　早安，小王子。

亚瑟　　　尽管这头衔本该使我做个更大的王子，

我是小到不能再小的王子了。您很忧郁。

赫伯特　　是的，不如以前快乐。

亚瑟　　　上天保佑！我以为除了我别人不会忧郁。

但我记得在法国时，

年轻绅士们动不动就会像黑夜一样忧郁。

我用基督徒的身份发誓，

> 如果能放我出狱做个牧羊人，
> 我会整天快乐无比。
> 我在这里也可以快乐，
> 只是担心叔叔会再想什么法子害我。
> 他怕我，我也害怕他。
> 做杰弗里的儿子是我的错吗？
> 不，当然不是。
> 我向上天发愿，希望我是您的儿子，
> 那您就会爱我，赫伯特。

赫伯特 （旁白）我要是继续和他聊天，
他无邪的闲话会唤醒我已死的怜悯心。
所以我要马上动手。

亚瑟 赫伯特，您病了吗？您今天脸色苍白。
说真的，我倒愿您有一点点小病，
那我就可以整夜陪您。
我保证我爱您胜过您爱我。

赫伯特 （旁白）他的话真抓住了我的心。——
（出示文书）看看这个，小亚瑟。——
（旁白）怎么，愚蠢的眼泪！
把酷刑拒之门外？
我必须快动手，免得决心动摇，
像女人软弱的眼泪似的从眼里流走。
您能读吗？不是写得很清晰吗？

亚瑟 这么丑恶的内容，却写得太清晰了。
赫伯特，您必须用烙铁烫瞎我的眼睛吗？

赫伯特 孩子，我必须这样做。

亚瑟 您会这样做吗？

赫伯特	我会的。
亚瑟	您忍心么？您以前只是觉得头疼，
	我就用手帕系住您的额头，
	是我最好的手帕，一位公主为我织的，
	过后我没有再向您要回来。
	夜里我手捧着您的头，
	不断地询问慰藉，如声声更漏打破时辰的沉闷，
	我问您"需要什么"，问您"哪里疼痛"，
	问"怎样体贴您才好"。
	多少穷人家的孩子在这种时候会倒头安睡，
	对您的病痛不闻不问。
	但您在病中有个王子侍奉。
	不过，您也许觉得我是假装爱您，您会说我虚伪。
	您愿这样想就这样想吧。
	如果上天愿意让您折磨我，
	那您就该这样对我。
	您要弄坏我的眼睛么？
	我从不用怨恨的眼睛看你，
	今后也不会。
赫伯特	我已发誓必须如此。
	要用烙铁烫瞎这双眼睛。
亚瑟	啊呀，只有邪恶的黑铁时代[1]才有人干这种事。
	那铁就算烧得通红举到我眼前，
	也会饮下我的眼泪，
	被那无辜的泪水熄灭怒火。

1　黑铁时代（iron age）：希腊罗马神话中世界最终和最恶的时期，以邪恶、自私和堕落为特点。

　　　　　　　　这铁还会生锈腐蚀，

　　　　　　　　只因它曾怀着火焰来害我的眼睛。

　　　　　　　　难道您比锤过的铁还顽固吗？

　　　　　　　　即便天使前来报信，

　　　　　　　　说赫伯特将弄坏我双眼，

　　　　　　　　我也不会相信。

　　　　　　　　除非赫伯特亲口说来。

赫伯特　　　　过来。（跺脚；行刑手数人上前）

　　　　　　　　按我吩咐的动手。

亚瑟　　　　啊呀，救救我，赫伯特，救救我！

　　　　　　　　我看见他们恶狠狠的长相，眼睛就已经瞎了。

赫伯特　　　　听着，把烙铁拿来，捆住他。

亚瑟　　　　天哪，你们何必这么粗暴？

　　　　　　　　我不会反抗，我肯定一动不动。

　　　　　　　　看在上天分上，赫伯特，别让他们捆我。

　　　　　　　　哎，求你了，赫伯特，让他们走开。

　　　　　　　　我会老实坐着，像羊羔一样。

　　　　　　　　我不挣扎，不躲闪，也不说话，

　　　　　　　　也不会怒气冲冲地瞪那烙铁。

　　　　　　　　只要把这些人赶走，

　　　　　　　　您怎么折磨我，我都原谅您。

赫伯特　　　　去，站到里面，让我自己处理他。

行刑手甲　　能不干这事真是太好了。　　　　　行刑手数人下

亚瑟　　　　呀，我把同情我的人赶走了。

　　　　　　　　他长得很凶，心肠倒软。

　　　　　　　　让他回来吧，

　　　　　　　　希望他的恻隐之心能感染您。

赫伯特	过来，孩子，准备好。
亚瑟	没救了？
赫伯特	不错，您不得不失去眼睛。
亚瑟	上天啊，要是现在您眼中进了一小点东西，
	一个微粒，细沙，小飞虫，游丝，
	或者别的什么，让这个宝贵的器官不舒服。
	感受一下微粒在眼里都那么难受，
	那您凶残的行为该多么可怕。
赫伯特	您就是这样保证的么？行了，管住您的舌头。
亚瑟	赫伯特，用两条舌头
	为一双眼睛求情都嫌不够。
	别让我管住舌头，不要，赫伯特。
	哦，赫伯特，您如果愿意就割去我的舌头吧，
	让我留下眼睛。放过我的眼睛吧，
	哪怕它们唯一的用处就是常看着您。
	唉，我相信，刑具凉了，
	它伤害不了我。
赫伯特	我可以把它烧热，孩子。
亚瑟	不，真的不能。火本为给人舒适，
	却被用作惨无人道的勾当，
	它已经伤心得死去，不信您自己去看。
	那燃烧的煤没有恶意，
	天上的风吹散它的精气，
	在它头上撒下忏悔的灰烬。
赫伯特	但是我能用自己的气息吹它复燃，孩子。
亚瑟	如果您做了，您会让它脸上烧得通红，
	因为不齿您的行为，赫伯特。

不啊，也许火星会溅到您自己眼里，

就像猎狗听到战斗指令

转头撕咬下命令的主人。

您无论用什么物件来害我，

它们全都拒不从命，唯独您缺少慈悲心。

烈火和烙铁如果不被人邪恶地利用，

都会显出慈悲心的啊。[1]

赫伯特　好，保住眼睛活下去吧。

您叔叔所有的财宝也不能驱使我伤害您的眼睛。

可我发过誓，孩子，

我本要用这烙铁烫瞎您的眼睛。

亚瑟　哦，现在您才像赫伯特。

您一直在伪装。

赫伯特　别说了。再会。

您叔叔必须得到您已死的消息。

我必须作些假来躲避这些狗奴才的耳目。

那么，可爱的孩子，不用担忧，安心睡吧，

即便全天下的财富

也不能买通赫伯特来害您。

亚瑟　上天啊！我感谢您，赫伯特。

赫伯特　噤声随我藏踪蹑迹，

为你须担万险千难。　　　　　　　　　　　同下

1　其他版本此处略有不同，解为"火与铁是著名的无情之物，都表现出慈悲心"。——译者
　　附注

第二场 / 第七景

英格兰，约翰王宫廷

约翰王、彭布罗克、索尔兹伯里及其他贵族上。约翰王升座

约翰王　　本王再度登上御座，再度加冕，
　　　　　　唯愿众卿以欣喜之目光望我。

彭布罗克　"再度"本自多余，
　　　　　　只是能使主上欢喜。
　　　　　　您早已加冕，至尊王位从未倾覆，
　　　　　　众人忠心从未受叛乱染污。
　　　　　　境内新近并无思变之心，
　　　　　　也无纠正改进之念。

索尔兹伯里　所以，举行又一次典礼，
　　　　　　饰卫[1]本已尊贵的头衔，
　　　　　　给纯金镀金，给百合敷粉，
　　　　　　给紫罗兰洒上香水，
　　　　　　给冰抛光，给彩虹添色，
　　　　　　或者举着烛火
　　　　　　去增添骄阳的光辉，
　　　　　　都是多此一举，徒增笑耳。

彭布罗克　若非遵从主上的意愿，
　　　　　　此举就像重讲古老的故事，

1　原文 guard，含有 adorn（装饰）和 protect（保卫）双重意思，此处译文糅合了两者。——
　　译者附注

　　　　　　　　　　这次不合时宜的强行复述，

　　　　　　　　　　可能会引出麻烦。

索尔兹伯里　　这古老简朴的仪式，原本代代熟知，

　　　　　　　　　　此番却变了味道。

　　　　　　　　　　就像风向变化影响船帆，

　　　　　　　　　　这次加冕礼使人心转向，

　　　　　　　　　　令人们深思之下十分恐惧，

　　　　　　　　　　使健康的想法显出病态，使真理被怀疑，

　　　　　　　　　　皆因一袭簇新的王袍加身。

彭布罗克　　　匠人欲极尽工巧，

　　　　　　　　　　却因汲汲之心毁其技艺；

　　　　　　　　　　粉饰错处、文过饰非，

　　　　　　　　　　往往使错处更显严重；

　　　　　　　　　　就像见到些微破损，

　　　　　　　　　　便加以修补缝缀，

　　　　　　　　　　难免欲盖弥彰。

索尔兹伯里　　在您重行加冕礼前，

　　　　　　　　　　我等曾对此谏言。

　　　　　　　　　　但主上不愿纳谏，

　　　　　　　　　　我等自也欣然接受，

　　　　　　　　　　我等一切意愿遵从主上的意旨。

约翰王　　　　再度加冕的原因

　　　　　　　　　　我已部分告知诸位，

　　　　　　　　　　我以为那些理由非常有力，

　　　　　　　　　　将来还会告知诸位，

我有很多有力的理由，没有什么忧虑。[1]

目前只请各位指出何处尚须改进，

各位便知我会一心听取你们的意见。

彭布罗克　　那么，我便代这几位说出心声，

为我自己也为他们，

但最主要的是为主上的安全，

我们为保卫主上安全愿尽愚忠，

为此，我们恳求您释放亚瑟。

因为亚瑟被囚，

心怀不满的人们

已从低声抱怨变成口吐危言：

如果您理所当然地享有您应得的地位，

又何必恐惧不安，

以至于拘禁稚幼的亲人，

使这少年闭塞愚顽，

得不到良好的教养。

他们说恐惧跟随不义之行。

为了不给那些敌对分子可乘之机，

主上既命提议，

我们便恳请释放亚瑟。

主要不是为我们自己，

我们的利益都要依赖您的安康，

我等为了主上考虑，请您给他自由。

赫伯特上

1　据其他版本，此处也可解为"待我的忧虑减轻，还有更多更有力的理由让众位知道"。——
　　译者附注

约翰王	可以。我让你们监管 他的教养事宜。—— 赫伯特，有何消息？（引他至台侧）
彭布罗克	这个定是去做那件恶事的人， 他给我的朋友看过一道密令。 他眼里带着邪恶之相， 他的样子鬼鬼祟祟， 心神不安。 我们担心他受命去做的事， 只怕已经干完。
索尔兹伯里	国王的脸色变了几次， 在欲念和良心之间摇摆， 像传令官在两军恶战的阵前往返奔驰， 看他情绪鼓胀 [1]，几近迸裂。
彭布罗克	迸裂之后，恐怕要流出脓水来， 那就是一个好孩子惨死的音讯。
约翰王	我们不能阻挡死神之铁手。—— （对众贵族）众爱卿，我虽仍愿应允， 众位提议之事已不存在，无法补救了。 他来告知本王亚瑟昨夜已死。
索尔兹伯里	我们早就担心他病得无药可医。
彭布罗克	是啊，他自己感觉生病之前， 我们就听说这孩子离死不远了。 这件事迟早要追究的，要么在现世，要么在来生。
约翰王	为什么这样阴沉沉地看着我？

---

1 原文 ripe，用于形容情绪，暗含脓肿之意，故译为鼓胀。——译者附注

你们认为我操纵着命运的剪刀¹？

难道我能掌控生命的脉搏？

索尔兹伯里 这是赤裸裸的阴谋。

贵为人主却干出这样的勾当，真是可耻。

好好玩您的把戏吧，再见。

彭布罗克 索尔兹伯里大人请留步。我和你同去，

去寻那可怜孩子所得的祖产，

他被逼进坟墓，那就是他咫尺的国土。

他按血统该拥有英格兰全岛，却卧眠三尺之地。

恶世！不能就这样罢休，

这事一定会爆发，引起万众悲痛，

那一天恐怕会很快到来。 众贵族下

约翰王 他们群情激愤。我后悔了。

杀人流血不能巩固根基，

置人于死地不能换来安稳的生命。

一信差上

你眼神惊恐，

平常脸上的血色哪里去了？

天色这样阴沉，非得经一场暴风雨才能放晴。

把你的暴风雨倾吐出来吧。法兰西诸事如何？

信差 正从法兰西向英格兰来。

从未见哪国为了出征国外，

在境内召集起这样强大的一支队伍。

兵贵神速他们已向您学走，

---

1 此处影射希腊神话中的阿特洛波斯（Atropos），其为命运三女神之一，执掌生命线的长短来
决定人的寿命。

当您听到他们起兵的报告时，

敌军到达的消息也会跟着到来。

约翰王　　啊呀，本王派去的军情探子在哪里喝醉了？

他们到哪儿昏睡去了？我母后的机警又到哪里去了？

法兰西兴兵动众，

她怎会不知道呢？

信差　　　主上，她耳中塞满了泥土，听不到了。

您尊贵的母亲

在四月一日驾崩。

主上，我听说康斯坦丝夫人

在那之前三天发疯死了。

不过这都是偶然听到的流言，不知真假。

约翰王　　可怕的事态，停一停你的脚步，

请站在我这一方啊，

直到我安抚好那群愤懑的贵族。

什么？母后死了？

那我在法兰西的领地岂不大乱？——

据你所说必已入境的军队由何人率领？

信差　　　法国太子率领。

约翰王　　你带来这一连串凶信，

已经使我头晕。

私生子与庞弗里特的彼得上

你的行动众人有何议论？

不要向我头脑中塞再多的噩讯，

我的头脑已经满了。

私生子　　如果您不愿听最坏的消息，

就不要听了，让它直接降在您头上。

约翰王	侄儿莫怪, 刚才的消息像一个浪头把我冲晕了。 不过现在从浪涛里露出头来喘息了一下, 可以听任何人的报告,不管什么内容。
私生子	我与教士们打交道的成果如何, 看看收缴上来的数额便知。 但一路走来, 我发现老百姓受了蛊惑, 被些流言蜚语 弄得胡思乱想,人心惶惶, 可又不知在惧怕什么。 这是从庞弗里特街上带来的一个预言师, 当时我看见数百人追随着他。 他给这些人吟些粗粝不堪的调子, 说的是下个耶稣升天节 [1] 正午以前, 主上您就要交出王冠。
约翰王	你这痴人说梦的疯子,为什么要这样做?
彼得	预知此事必然发生。
约翰王	赫伯特,带他下去。先关起来。 到他说我要交出王冠那天, 正午时刻送他上绞架。 把他安置了你就回来, 我还有事要你做。——

赫伯特与彼得下

贤侄啊,
你听到外面什么消息,谁来了?

---

1 耶稣升天节（Ascension Day）为复活节四十天后的周四,庆祝耶稣升天。

私生子	主上，法国人来了。人们都在议论。
	另外，我刚才遇见俾高特大人和索尔兹伯里大人，
	他俩的眼睛红得像新燃起来的火苗，
	还有许多人，他们一起去寻亚瑟的墓，
	还说昨晚亚瑟被害，
	是您指使人干的。
约翰王	贤侄，你且去
	混在他们中间。
	我有法子挽回众人的忠心，
	你带他们来见我。
私生子	我这就去找他们。
约翰王	可是要快，刻不容缓。
	敌国正大军压境，虎视眈眈，
	但愿众臣不要在这时反我。
	你要脚插翎毛，用墨丘利[1]的神速，
	像一闪念那样
	从他们那里飞回见我。
私生子	时势会教我迅速行动。 　　　　　　下
约翰王	他说话真像位斗志昂扬的士子。
	你跟上他，他可能需要信差
	在我和众臣间往返，
	现派你去。
信差	遵命，主上。 　　　　　　下
约翰王	我母亲死了！

赫伯特上

---

1 墨丘利（Mercury）：罗马众神的信使，常被描述为足蹬羽毛制成的飞行鞋或足生羽翼。

赫伯特	主上，有人说昨晚看见 天上有五个月亮， 四个不动，第五个围着那四个乱转。
约翰王	五个月亮？
赫伯特	街上老翁老妪 看着天象做出危险的预言。 他们都提到小亚瑟之死， 他们一边说起他，一边摇头， 还互相在耳边窃窃私语。 说的人抓着听的人的手腕， 听的人露出惊恐的神色， 又是皱眉，又是点头， 又是转着眼珠。 我看见一个铁匠手拿锤子站着， 砧上的铁块都凉了， 他只顾张着嘴听裁缝讲消息； 那裁缝手里拿着剪刀、尺子， 脚上趿拉着拖鞋， 匆忙中穿反了左右。 裁缝讲着数千法军已在肯特整编列队。 一个又瘦又脏的工匠打断他的话头， 说起亚瑟的死讯。
约翰王	你让我知道这些可怕的事是什么意思？ 为什么总提起小亚瑟的死？ 是你亲手杀害了他。 我有充分的理由希望他死，但你没有理由杀他。
赫伯特	没有么，主上？怎么，不是您授意给我的？

约翰王	君主们不幸，身边才会有这种奴才， 偶尔的喜怒他们便当作圣旨， 要去取人性命。 君主一个微妙神情他们便看成法令， 窥度着君主的险恶心意， 其实那也许是君主的一时怒气， 并非深思熟虑的决定。
赫伯特	这是您盖了章的手谕，我是按它的命令行动。 （他拿出文书）
约翰王	哦，到了天地之间最后审判的时刻， 这手谕和印章 就是陷本王于永劫沉沦的物证。 我们常常因为见到作恶的工具， 便真的做出恶事！ 当初要不是你在我身边， 长着被造化亲手做了记号该去行凶的样子， 谋杀这念头也不会进到我心里。 自从留意你这凶煞的相貌， 我看出你适合喋血的暴行， 像是可以受雇去行凶作恶， 便隐约和你提起不欲亚瑟在世。 而你，为了奉承一位国王， 竟昧着天良杀害一位王子。
赫伯特	主上——
约翰王	倘若我含糊其词地说起我的意思时， 你哪怕摇摇头或迟疑一下， 或者疑惑地望我一眼，

仿佛要我把话说明白，

那么我会羞愧无言，就此搁手，

你的恐惧可能引起我的恐惧。

但是你竟理解了我的暗示，

又遮遮掩掩地跟罪恶交涉起来，

你到这里还不止步，心里竟然愿意去做，

随后用残暴的手干了这你我都说不出口的恶行。

不要让我看见你，别再来见我！

众贵族离我而去，我的王权受到威胁，

我的国土上敌人大军压境，

已经逼到门口；

而在我这血肉之躯内，

在这拘囿血液和呼吸的王国，

我的良心和我侄儿的死正在交战，

激起一片内乱。

赫伯特　　您去迎战别的敌人吧。

我能让您的灵魂和您和解。

小亚瑟还活着，

我的手还没有被罪行玷污，

没有沾染暗红的血污。

我心里至此还没有动过

杀人的恶念，

您因我的相貌诋毁了造化[1]，

我外貌丑陋，

却内心善良，

1　原文 nature，其他有版本解作"天生的感情"。

	不会屠杀一个无辜的孩子。
约翰王	亚瑟还活着？哦，快去见那些贵族，
	用这个消息熄灭他们的怒火，
	让他们尽臣下的忠顺之道。
	原谅我一时激动贬低你的相貌，
	我的怒气很盲目，
	愤怒的眼中带着错误的想象，
	把你看得比本人更凶恶。
	哦，不用再说了，
	尽快把那些发怒的贵族带到我内室来，
	我吩咐得太慢了，你快快前去。

同下

第三场 / 第八景

英格兰，一监狱

亚瑟上，立于城墙，乔装改扮为船舱侍童

亚瑟	城墙很高，可我要跳下去。
	善良的地啊，请发慈悲，不要伤害我。
	这里没什么人认识我，就算过去认识，
	这身船童的装束也能掩盖我的身份。
	我好怕，但我要冒这个险。
	我要是下去还没有摔断肢体，
	就能找到千万条脱身之计。

与其坐而待毙，不如冒死出逃。（他跳下）

啊呀，这些石头都带着我叔叔的杀气。

愿灵魂升到天堂上，我尸骨留在英格兰！（死）

彭布罗克、索尔兹伯里与俾高特上

索尔兹伯里 各位大人，我和他约在贝里圣埃德蒙兹¹ 会面。

如此可保我们安全，

时势危急，我们必须抓住这个殷勤的提议。

彭布罗克 是谁带来了主教的信？

索尔兹伯里 是茂伦伯爵，他是法国贵族。

他私下告诉我法国太子友好之意，

比信中所写更为殷切。

俾高特 那我们明早去见他。

索尔兹伯里 不如说那时启程，各位大人，

因为还有整整两天的路程才能见到他。

私生子上

私生子 今天再次幸会，各位大人好大怒气。

国王叫我速请各位见面。

索尔兹伯里 国王已和我等分道扬镳，

我们不愿用高洁的名誉

给他那龌龊的烂袍子作衬里，

不愿追随他那步步喋血的足迹。

就这样回复他：最可怕的恶行我们知道了。

私生子 不论心里怎么想，我认为还是不出恶言的好。

索尔兹伯里 现在和你理论的不是我们的教养，而是哀痛。

私生子 可是您的哀痛没有理由。

1　贝里圣埃德蒙兹（Saint Edmundsbury）位于英国萨福克郡。

　　　　　　　　所以论理您还是该举止得体才有道理。

彭布罗克　　爵士啊，爵士，人在急怒之中不能苛责。

私生子　　　是的。怒气伤害了自己，伤不到旁人。

索尔兹伯里　监狱到了。（他看见亚瑟的尸体）谁躺在这里？

彭布罗克　　啊，死神，你该为夺走这纯洁的王子之美而骄傲。

　　　　　　　　大地找不到一处洞穴能藏匿这样的行为。

索尔兹伯里　谋杀本身都痛恨自己的行径，

　　　　　　　　特意暴露给世人，召唤复仇。

俾高特　　　或许他刚想把王子送进坟墓，

　　　　　　　　又不舍得这么稀有高贵的美丽被埋葬。

索尔兹伯里　理查爵士，您怎么看？

　　　　　　　　您可曾看过、读过或者听到过，

　　　　　　　　您能想到么？

　　　　　　　　虽然亲眼所见，您能相信这是真的？

　　　　　　　　如果不看到眼前景象，

　　　　　　　　怎么能想象出来这样的事情？

　　　　　　　　这是刽子手盾徽的最高点，

　　　　　　　　是其恶之高峰冠顶，简直冠顶上的冠顶。

　　　　　　　　恶目狰狰的暴怒造成的惨剧令人泣泪如雨，不忍卒视，

　　　　　　　　这是其中最残忍的丑行，最野蛮的暴行，最狠毒的恶行。

彭布罗克　　和这相比，

　　　　　　　　以往的凶手都可以饶恕。

　　　　　　　　这桩空前绝后的谋杀，

　　　　　　　　会让未来诸恶变成圣洁之事；

　　　　　　　　比着眼前的惨状，

　　　　　　　　一场喋血重案只是玩笑。

私生子　　　这行为真是惨无人道，

	如果是人的手干出来的，干出这伤天害理勾当的， 必是一只狠毒的手。
索尔兹伯里	如果是人的手干出来的？ 我们早已知道要发生什么。 这是赫伯特一手制造的丑行， 国王是策划和主使。 我不许自己的灵魂 再对他效忠。 我跪在这美好生命的遗骸前， 对着了无声息的尊贵逝者 以片语代替焚香， 献上我神圣的誓言： 自此舍弃世间一切享乐， 不近欢娱，断离安逸， 直到亲手取得复仇的荣誉。
彭布罗克和俾高特	我们的灵魂虔诚地支持你的誓言。

赫伯特上

赫伯特	各位大人，我急匆匆来寻各位。 亚瑟还活着；国王请各位相见。
索尔兹伯里	哦，他好大胆子，在死亡面前脸不变色。—— 滚，可恨的恶奴，你走开！
赫伯特	我不是恶奴。
索尔兹伯里	非要我僭越法律吗？（拔剑）
私生子	您的剑亮闪闪的，大人。收起来吧。
索尔兹伯里	我先把它插进凶手的皮肉里去。
赫伯特	退后，索尔兹伯里大人，我请您退后。 老天为证，我认为我的剑和您的一样锋利。（拔剑）

我不愿使您失了身份，

也不想让您冒险逼我自卫。

免得我只注意您的怒气，

忘了您的身份和尊贵地位。

俾高特 滚开，贱奴！你胆敢挑战一位贵族？

赫伯特 要我的命都不敢。但为了捍卫我无辜的生命，

我敢抵抗一位皇帝。

索尔兹伯里 你是个凶手。

赫伯特 别让我真成凶手。我现在尚未成凶手。

谁说了假话，他的话就不真；

谁说的不真，他就在说谎。

彭布罗克 把他碎尸万段！

私生子 冷静点，听我说。

索尔兹伯里 闪开，不然要伤到您，福康勃立琪。

私生子 你最好伤到魔鬼，索尔兹伯里。

你要敢对我皱皱眉，抬抬脚，

或者发脾气辱骂我，我就杀了你。

趁早把剑收起来，

不然我把您和您手里的小烤叉一齐砸扁，

让您以为魔鬼从地狱出来了。

俾高特 你要干什么，你这大名鼎鼎的福康勃立琪？

难道要帮一个恶奴，一个杀人凶手？

赫伯特 俾高特大人，我不是凶手。

俾高特 那谁杀了王子？

赫伯特 不到一小时前我才离开他，他那时好好的。

我尊敬他，喜爱他，

亲爱的王子死了，我会终生为他恸哭。

索尔兹伯里	别信他狡猾的眼泪， 恶人也不是不能掉眼泪。 这类勾当他干多了， 假装心酸无辜的眼泪能流出一条河。 谁厌恶这屠宰场的血腥气， 跟我出去， 我要被这邪恶的味道闷死了。
俾高特	去贝里，去见法国太子吧。
彭布罗克	告诉国王他在那里能找到我们。　　　众贵族下
私生子	好个世界！知道这是谁的杰作么？ 上天纵有无边无尽的慈悲， 如果这凶案是你干的， 你是要永劫沉沦的，赫伯特。
赫伯特	听我说，爵士。
私生子	嗨，我来对你说吧。 你被诅咒得脸色乌黑，像——不，比什么都黑。 你比魔王路西非尔[1]还要罪孽深重， 地狱里还没有比你更丑陋的恶鬼， 如果是你杀了这个孩子。
赫伯特	我用灵魂起誓——
私生子	对这桩残酷的行为， 哪怕你只是同意过，你也没救了。 要是缺绳子， 蜘蛛肚里吐出最细的丝也能绞死你； 一根草就能当横梁吊死你；

1　魔王路西非尔（Prince Lucifer）：因背叛上帝从天堂堕入地狱的大天使，即撒旦。

你要是投水，
一把勺子里放点水
就能抵得过汪洋大海，
可以淹死你这样的恶人。
我真是非常怀疑你。

赫伯特　　　如果我曾经犯过这样的罪——
参与、同意，或者考虑过
夺走那美丽躯壳中的可爱生命，
让地狱里所有刑罚都不够折磨我。
我离开的时候他还好好的。

私生子　　　去，抱起他来。
我已然困惑，自觉迷失，
在这荆棘遍布、险象环生的世道。
你轻而易举地托起整个英格兰！
整个王国的生命、权力和正义
都离了这王者的小尸身，飞上天堂，
丢下英格兰无主的大好国土，
苦苦挣扎，任人瓜分。
现在为抢王权这块受尽噬啮的骨头，
凶恶的战争颈羽冲天，
在温良的和平眼前狂叫。
眼下外侮和内患勾结一气，
强占的王权行将崩溃，
大乱行将发生，
如野兽濒死，饥鸦待啄。
若是身上袍带能撑得过这场风雨，
便是幸运之人。

把孩子抱走，快跟我来。
我要面见国王。
手中急务千头万绪，
头上苍天怒目横眉。　　　　　　同下，赫伯特抱亚瑟尸体

第 五 幕

第一场　　/　　第九景

英格兰，约翰王宫廷

约翰王与潘杜尔夫携众侍从上

约翰王　　　　（以王冠授潘杜尔夫主教）

现在我把我的荣耀之冠

交到您手上。

潘杜尔夫主教　（还王冠于约翰王）

从我手中取回，

便如得自教皇，

拿回您至高的权威吧。

约翰王　　　　现在请遵守您神圣的诺言，

去和法国人会面。

请以教皇使者的一切权力，

在我方被凶焰烧身之前

阻止他们进军。

有些郡县贵族心怀不满，已生叛乱，

国内民众不肯恭顺听命，

却发誓衷心效忠外邦异族、别国君主。

这一场暴戾的洪流只有靠您平息。

请别再耽搁。时局如此危急，

必须下急药救治，

不然就一溃千里，无药可治了。

潘杜尔夫主教	此番风波原是我挑起，
	皆因您对教皇一味顽抗。
	既然您已回心转意，
	我会用言辞平息战争风暴，
	让您忧患遍布的国土重现晴空。
	记住，升天节当日，
	您宣誓了效忠教皇，
	我便去让法国人放下武器。 除约翰王外众人下
约翰王	今天是升天节？
	预言师不是说升天节正午前我要交出王冠？
	果然如此。
	原以为是被迫交出，
	谢天谢地，我却是自愿的。
私生子上	
私生子	肯特全郡投降了。
	除了多佛尔堡 [1] 那一片都丢了。
	伦敦像好客的主人一样
	迎接法太子和他的军队。
	您的贵族不听您谕旨，只顾投敌去了。
	您那少数心神不定的支持者
	都吓得惊慌失措。
约翰王	我那些贵族知道亚瑟还活着
	还不肯回来么？
私生子	他们发现他被丢在街上死了。
	像空空的匣子，

1　多佛尔堡（Dover Castle）位于英格兰肯特郡的多佛尔镇。

被毒手掏空了生命的珠宝。

约翰王　　赫伯特这恶人告诉我他没死。

私生子　　我发誓他是这么说，因为他不知真相。

可您怎么垂头丧气，悲悲戚戚？

您一贯心思强大，

就在行动上同样强大吧。

别让世人看到

王者眼中笼罩着恐惧和疑虑。

要与时而动，以火攻火，

遇强则更强，凛然不惧汹汹危乱。

那些臣民总效仿高位上的大人物，

学您的榜样便也会强大起来，

会斗志昂扬，坚定不屈。

走啊，像战神降临战场那样，

光芒万丈地现身，

显出您胆气逼人、气冲霄汉的风度。

怎么，难道等他们在洞中寻到雄狮，

吓得狮子在洞中发抖么？

不要让人这样说啊。

我们冲出门去迎敌，

不等他近前先扑上去搏斗。

约翰王　　教皇的使节才和我会谈，

我和他订了有利的合约。

他答应遣回

法国太子的军队。

私生子　　哦，羞辱人的盟约！

我们竟在自己国土上和入侵的军队议和，

让步，谈判，曲意结好，可耻地休战？

难道一个乳臭未干、娇生惯养的小儿

也来向我们叫阵，

到我们惯战的土地来磨炼杀气，

胡乱招摇些旗帜来羞辱我们的上空，

却没人阻挡？

主上，我们上阵厮杀去啊。

主教不一定能给您带来和平，

即使他能做到，

至少让人看到，我们有抵抗的决心。

约翰王 命你统领当前诸事。

私生子 那就走吧，拿出勇气！——

（旁白）心有昂扬志，虽知敌更强。 同下

第二场 / 第十景

英格兰，法军营地

路易、索尔兹伯里、茂伦、彭布罗克、俾高特及兵士数人穿盔甲上

路易 茂伦大人，请让人抄录副本，

妥善保管，以备存证，

原件还给那些大人们。

我们的和议已行诸文字，

双方细读条款，

便知我们郑重宣誓，坚守约定，

所为何事。

索尔兹伯里　　我方决不背约。

尊贵的太子，

尽管我们自愿追随、由衷拥护您的行动，

但相信我，太子殿下，

我不愿以卑劣的叛变医治眼前的创伤，

不愿为治愈一处顽疾再添多处病疮。

啊，我拔出腰间利剑世上便增加许多寡妻，

这些念头使我心中深深悲痛。

啊，可是此时人们还高喊索尔兹伯里的名字，

唤我捍卫正统推翻僭主，

盼我保卫国家抵御入侵！

但这就是时代的病症，

为挽救自己的正当权利，

我们只得使用寡德无义、祸乱天下的手段。

我悲惨的朋友们啊，

这难道不可悲可叹么？

我们英格兰岛的子弟

要亲历这样惨痛的时刻，

我们竟由一个外人率领，

加入敌军行列，

践踏祖国温柔怀中的土地。

就要在此做违心的事，

我得退下痛哭一会儿——

我们就要奉承异国的贵人，

跟随陌生的旗帜。

怎么，就在这里？

哦，祖国，愿你能够移走，

愿环抱你的海神¹之臂把你搬动，

让你忘了自己，

让神臂把你安在异教的海岸边，

在那里两支信主的军队便化敌为友，血乳交融，

不再互相残杀，刀兵相见。

路易　你一番陈词显示了忠贞的品性。

你心情矛盾感情激荡，

震动着高贵的人格。

在时势所迫的行动和忠义爱国的情怀之间，

你打了一场辉煌的战役。

让我拭去你脸颊上

晶莹流淌的高洁的珠泪。

女人落泪是平常事，

我的心曾被软化；

但见到男子汉被心中风暴席卷，

眼中泪如雨下，

可真惊呆了我的双眼，

比亲见穹顶布满闪光的流星

更让我惊讶。

大名鼎鼎的索尔兹伯里，

扬起你的眉头吧，

用你英雄的心驱散这场风暴。

让那些从没见过世情凶险的孩子去流泪吧，

1　原文 Neptune，指罗马神话里的海神涅普顿。

他们除了在宴会上兴高采烈，欢言碎语，

再没别的经历。

来，来，你可以像我路易一样

把手深深插进时运亨通的囊中，

与我协力共事的贵族大人们，

你们也同样，

天使 [1] 已开言，每位必得收益。

潘杜尔夫主教上

看那边圣使匆匆带来

天主亲授的旨意，

用神圣的语言

认定我们的行动名正言顺。

潘杜尔夫主教　你好，高贵的法兰西太子！

我要说的消息如下：

约翰王已归顺罗马。

他的心志曾经

顽抗神圣的教会、罗马的圣廷，

如今已经回心转意。

所以卷起你气势汹汹的战旗，

约束战争的野性，

让它像家养的狮子一样静卧脚边，

空有凶狠外貌，并不真的伤人。

路易　　　　请圣使原谅，我不会回头。

我这样的身份

怎能任人摆布，听命于人，

1　原文 angel，既表示天意，又和上文的（钱）囊呼应，指金币上的天使图案。

或被世上哪个当权者驱使利用？
因您一番话，我和这受惩戒的国家之间，
战争的死灰复燃，
您又添柴加料助长火势。
如今火势燎原，
当初煽起它的小风怎能把它扑灭？
您教我认识自己的权力，
使我知道自己从这国土应获得什么。
您鼓动了我兴兵的念头，
现在却来告诉我
约翰已经与罗马和解。
你们的和解与我何干？
我因为婚姻关系，在亚瑟之后，
要求拥有这片国土。
现在半个国家已被攻克，
却因为约翰与罗马和解要我回兵？
我是罗马的奴仆吗？
罗马给我援助了几个钱，多少人？
提供过什么武器军需？
还不是我承担着全部费用？
除了我和我的臣属，
还有什么人曾经为这场战争流汗出力？
在我攻城略地之时，
岛国百姓不是用法语高喊"国王万岁"？
我在王权之争中手持王牌，
取胜岂非易如反掌？
我现在要前功尽弃么？

不，不，万万不能，这样的事不可能。

潘杜尔夫主教　您只看到事情的表面现象。

路易　　　　表面也好，内部也好，我不会退兵。

我奋而起兵，在国中选拔勇士，

就是要压倒对手，取得英名，

哪怕以身涉险，出入死亡之巨口

也在所不惜。

在宏愿得到满足，筹谋光荣实现之前，

我不能就这样退兵。（号角齐鸣）

是什么号角声在响亮地召唤我们？

私生子上

私生子　　　按两国相交的礼仪，请容我觐见。

我奉命有话要传达。

尊敬的米兰大主教，

国王令我来问您为他交涉得如何。

根据您的回答，

我便知道按我所领的命令该如何开言。

潘杜尔夫主教　太子心思顽固，

劝说不动。

他已明确说过不会收兵。

私生子　　　指凭着所有威风凛凛的英勇之士起誓，

这个年轻人说得好。

现在听我代宣英王旨意。

国王已做好准备，义正词严地应战。

对这场荒谬无礼的入侵，

这场戎装的舞会，这次莽撞的狂欢，

对这未曾听闻的 [1] 愚鲁和幼稚的队伍，

国王置之一笑，已准备停当，

他将把这些蝼蚁之兵逐出自己的领土。

那只手曾经在你们家门口力不可当，

已然把你们暴揍一场，

逼得你们跳门逃回。

让你们像水桶一样潜到井底，

让你们缩在马棚地上的干草堆里，

让你们被锁在箱子柜子里，像是抵押给了当铺，

让你们搂着猪猡，在地窖、牢房里找安身之所，

让你们听见自己国的乌鸦叫都吓得瑟瑟发抖，

以为是英国军队突袭。

那只在家门口教训过你们的胜利之手，

在这里会软弱么？

不。英勇的国王已全身披挂，

如雄鹰在鹰巢上空回翔，

有谁胆敢骚扰巢穴，他便猛扑过去。

你们这些堕落变节的叛徒，

狠毒的尼禄，

竟撕裂亲爱的英格兰母亲的子宫， [2]

你们羞愧脸红吧。

因为你们家中妻子和面无血色的女儿们都随着战鼓

---

1 原文 unheard，不同版本解释不同，《皇家版》注解为 unheard of，extraordinary；其他版本
有编辑改为 unbeard（嘴上没毛的）。

2 传说罗马皇帝尼禄（Nero）曾在弑母后剖开她的子宫。

像亚马孙悍女[1]一样奔来。

她们的顶针都换成了打仗的护手，

绣针换成了长矛，

她们温柔的心充满强悍凶猛的斗志。

路易 你不要再出言挑衅，

安静地退回去吧。

本太子承认论骂架是你更厉害。再会。

我们时间宝贵，不能和你闲扯乱骂。

潘杜尔夫主教 请允许我讲话。

私生子 不，我要讲话。

路易 本太子谁也不听。

擂起鼓来，让战争的声音宣告

本太子驾临此地索取我的权力。

私生子 是啊，您的鼓挨了打，就要喊出声音。

您挨了打也一样。

只要敲出一阵回音隆隆的鼓声，

另一面鼓会立刻发出

和它同样洪亮的巨响。

你若再敲，又会有一面鼓响，

声逼云霄，不逊惊雷。

因为骁勇的英王就要到来。

他不信任这个摇摆不定的教皇使者，

不过是要他一下，并不真的需要他。

英王头上坐着死神的骷髅之身，

死神今日要吞噬

---

1 指亚马孙一族女战士。

几千法军做成的饕餮大餐。

路易 擂起鼓来，动身发现危险。

私生子 没错太子，危险你定要承担[1]。 众人自不同门下

第三场 / 第十一景

英格兰，战场

警号。约翰王与赫伯特自不同门上

约翰王 今天战况如何？赫伯特，告诉我。

赫伯特 恐怕不好。主上可安好？

约翰王 我已发热很久，饱受病苦。

唉，我心里难受。

一信差上

信差 主上，您英勇的亲眷福康勃立琪

请您离开战场，

让我带话告诉他您从哪条路走。

约翰王 告诉他本王朝斯温斯黑德[2]走，去那里的修道院。

信差 您请宽心，

法太子等待的大批援军

---

1 原文 find，既有发现的意思，也有经历、忍受的意思。

2 原文作 Swinstead，应为 Swineshead，在英格兰林肯郡。

三天前在古德温暗沙[1]失事了，

这条消息是理查爵士刚刚收到的。

法军意志消沉正在撤退。

约翰王　　　啊，这热病太厉害，

烧得我无力欢迎这个好消息。

起驾去斯温斯黑德。

快上辇，我浑身无力，就要昏倒。　　　　　　众人下

第四场 　/　 景同前

索尔兹伯里、彭布罗克与俾高特上

索尔兹伯里　　没想到国王有那么多支持者。

彭布罗克　　　再振作起来，给法国人鼓鼓劲。

如果他们不行了，我们也就不行了。

索尔兹伯里　　那个私生子福康勃立琪就是个魔鬼，

他冲杀起来什么都不顾，一个人支撑了今天的局面。

彭布罗克　　　听说约翰王病重，已经撤离战场了。

茂伦带伤上

茂伦　　　　　带我到英格兰的叛徒那里去。

索尔兹伯里　　我们运程好的时候可不是被人这样称呼。

1　古德温暗沙（Goodwin Sands）为英国多佛海峡北海口系列暗礁，长达 10 英里。——译者
　　附注

彭布罗克	是茂伦伯爵。
索尔兹伯里	身受重伤，就要死了。
茂伦	逃命啊，英格兰的贵族，你们被出卖了。
	快从叛变的险途中脱身，
	迎回被你们抛弃的忠诚。
	去找约翰王，跪到他的脚下。
	因为今天这场恶战如果是法军取胜，
	法太子给你们一番辛苦的酬劳
	却是砍掉你们的头。
	他在贝里圣埃德蒙兹的神坛前这样发过誓，
	当时我和其他很多人在场。
	就在那个神坛我们曾发誓
	和你们永结为好。
索尔兹伯里	这可能么？这会是真的么？
茂伦	难道我不是将死之人，
	残留的一点生命也在流走，
	像火边的蜡像正在销熔？
	世上还有什么值得我去骗取？
	欺骗对我已经没有用处。
	既然我真的要在这里倒下，
	靠诚实无欺获得永生，
	我何必欺骗你们？
	我再说一遍，如果路易取胜，
	你们若能再亲眼看到东方破晓，
	他便是背弃了誓言。
	今夜已散出暗黑之气，
	笼罩了在天上吐火的老迈疲惫的太阳，

如果路易借你们的帮助今日取胜，
在这邪恶之夜你们的呼吸就会停止。
你们的生命会被卑劣地遏止，
偿付千夫所指的背叛行为招致的惩罚。
代我问候你们国王身边的一位赫伯特。
我良心发现来吐露实情，
既因为与他的交情，
还因为另一重关系，
我的祖父本是英格兰人。
我希望换取你们的帮助，
求你们送我离开喧嚣的战场，
让我平静地理一理最后的想法，
在灵肉分离的时刻
能静静沉思，虔诚祝祷。

索尔兹伯里　我们相信你。我诅咒自己的灵魂，
但我真是感念这个大好机会的出现，
让我们得以从迷途返回。
我们像退潮的洪流，
离弃恣纵与偏斜的方向，
俯首回归曾被淹没的水道，
从此恭顺地流淌入海，
朝向我们尊贵的约翰王。
我来帮着抬你过去，
因为我在你眼里
看到死亡的惨痛了。
走了，朋友们！
今番新赴逃亡路，幸复忠心向旧朝。　　　众人下

第五场 / 第十二景

英格兰，法军营地

路易及其扈从上

路易　　　　头上的太阳看来是不愿落山，

留在头顶烧红了西边的天空，

照着英军节节溃退。

经过一场血战，

我们再空放一排大炮，只为向今天道声晚安，

卷好破损的旗帜，我们光荣凯旋。

战场上只剩了我们，

我们简直是场上的主人。

一信差上

信差　　　　太子殿下在哪里？

路易　　　　在这里。什么消息？

信差　　　　茂伦伯爵被杀了。

英国贵族被他劝得又叛变了。

您盼望已久的援军

在古德温暗沙失事沉没了。

路易　　　　哎呀，大大的坏消息！我狠狠地诅咒你！

不想今夜被这消息弄得如此沮丧。

哪一个刚才告诉我，

约翰王不等昏暗的夜色把疲惫的两军分开，

在此前一两个小时已逃走了？

信差　　　　不论是谁报的，消息属实，殿下。

路易　　　　好。今晚小心戒备，

　　　　　　我要天亮前动身，

　　　　　　试一试明天的运气。　　　　　　　众人下

第六场　　/　　第十三景

英格兰，斯温斯黑德修道院附近

私生子与赫伯特分头上

赫伯特　　　那边是谁？说话，喂！快说，不然我开火了。

私生子　　　自己人。你是谁？

赫伯特　　　英格兰这边的。

私生子　　　你去哪儿？

赫伯特　　　关你什么事？你要是问我，

　　　　　　我怎么就不能查问你？

私生子　　　我猜是赫伯特么？

赫伯特　　　你猜得很准。

　　　　　　既然这么熟悉我的声音，

　　　　　　我就冒险相信是位朋友，

　　　　　　你是谁？

私生子　　　你希望我是谁就是谁了。

　　　　　　你要是愿意，就和我攀交情，

　　　　　　把我看成普朗塔热内家族的人。

赫伯特　　　我这个坏记性！

　　　　　　我这记性加上夜里看不清，真是不好意思。

　　　　　　英雄啊，请原谅我，

　　　　　　你说话的声音我竟然没分辨出来。

私生子　　行了，不必客套。那边什么消息？

赫伯特　　我摸着黑出来，

　　　　　　就是要找您。

私生子　　那长话短说，什么消息？

赫伯特　　哦，亲爱的爵士，消息跟这夜晚一样，

　　　　　　黑暗、恐怖，让人心神不宁、毛骨悚然。

私生子　　让我听听这惨痛的噩耗，

　　　　　　我不是女人，听了不会晕倒。

赫伯特　　我担心国王是被一个修士下毒了。

　　　　　　我没说什么就离开他，冲出来找您。

　　　　　　先把这坏消息告诉您，

　　　　　　万一情况有变您好做准备，

　　　　　　要是知道得太晚就不利了。

私生子　　他怎么中的毒？谁为他试吃的？

赫伯特　　一个修士，我告诉您。他蓄意行凶。

　　　　　　那人的脏腑突然迸裂了。

　　　　　　国王还能讲话，说不定有救。

私生子　　你把国王交给谁照料？

赫伯特　　怎么，您不知道？贵族大人们都回来了。

　　　　　　还带来了亨利王子。

　　　　　　他们求得了国王的宽恕，

　　　　　　现在都在主上身边。

私生子　　上苍息怒啊，

　　　　　　不要用不堪承受的重负考验我们。

我要跟你说，赫伯特，

今晚过海滩时我的一半人马被潮水卷走了。

林肯郡的海湾吞没了他们。

我仗着胯下好马才勉强逃命。

前面带路，引我去见国王。

只怕不等我到他已经死去。　　　　　　　　　同下

第七场　／　第十四景

英格兰，斯温斯黑德修道院花园

亨利王子、索尔兹伯里与俾高特上

亨利王子　　　已经晚了。

他全身的血液都染了毒，

本来清楚的头脑，人说是灵魂脆弱的居所，

现在说起胡话，

可见人已垂危。

彭布罗克上

彭布罗克　　　主上还在说话，

他相信如果我们抬他到室外，

他中剧毒引起的高热

就能缓和一些。

亨利王子　　　那把他抬到花园来。　　　　　　俾高特下

他还在发狂么？

彭布罗克	比您离开时安静了。
	刚才还在唱歌。
亨利王子	哦，病中的荒诞[1]！
	剧痛迁延下去反倒感觉不到了。
	死神捕到外在躯体后潜形离开，
	现在他又捕捉了头脑，
	用胡思乱想刺得它千疮百孔，
	这些胡思乱想一窝蜂地涌进头脑这个最后的堡垒，
	自相残杀。奇怪，他垂死时居然唱歌。
	我便是这只羸弱惨白的天鹅之幼雏，
	他正鸣唱悲歌为自己送终。
	那脆弱生命的喉管吟唱着，
	送他的灵魂和肉体
	到永久的安息之处。
索尔兹伯里	王子殿下节哀。
	您天生的使命
	是收拾他留下的残局，重整乾坤。

约翰王被抬上

约翰王	天哪，现在我的灵魂有活动的空间了。
	它不肯从门窗出去。
	我胸内像盛夏一样灼烧，
	肝肠寸断，碎裂成尘。
	我是羊皮纸上

---

1 原文 vanity，译从《皇家版》注释，其他版本亦解作"幻觉"或"无效、无希望之事"。——
译者附注

草草画成的人形，

拿到火边烤得蜷缩起来了。

亨利王子　父王怎么样？

约翰王　中毒已深，不行了。死了，被抛弃了，没人管了。

你们没人肯找来寒冬，让它把冰手伸进我的胃里。

要不让全国的河水从我燃烧的胸中流过，

或者求凛冽的北风亲吻一下我焦灼的嘴唇，

用凉意让我舒服一下。

我不要求你们太多，

只要能给我一点寒冷的安慰。

你们竟然悭吝忘义，

连这都不愿给我。

亨利王子　哦，但愿我的眼泪

有为您减轻痛苦的效力。

约翰王　眼泪中的盐好烫。

我的身体是一座地狱，

关着毒药这个恶魔，

它摧残着不得解脱的毒血。

私生子上

私生子　哦，我心急火燎地一路狂奔

赶来见主上！

约翰王　侄儿啊，你是来给我合上眼睛的。

我心中的缆绳已经爆裂焚毁，

我生命之舟的帆索

只剩了单根独线。

我的心只靠一缕细丝维系，

支撑着等你带来消息。

然后你眼前就只是一堆泥土，

一具破损的君王的躯壳。

私生子 法太子正向这里进军，

天知道我们怎么对付他。

因为我本想调兵去占先机，

不料过海湾时遇上狂浪，

一夜之间我的精锐

全部葬身水底。（约翰王咽气）

索尔兹伯里 您把这要命的消息送入垂死之人耳中。——

（对约翰王）吾王，主上！——

刚刚还是一位国王，眼下成了这样。

亨利王子 我也将像这样走过人生，像这样止步。

如果国王转眼就成了泥土，

世上有什么保障，什么希望，什么依靠？

私生子 （对约翰王）你就这样走了？我活着只为给你报仇。

然后我的灵魂到天堂去追随你，

像在世间一样一直做你的仆从。——

（对众贵族）现在，各位回归正途的星宿，

你们的力量在哪儿？

现在亮出你们重生的忠心，

立即随我回去，

把患难和不尽的耻辱推出凋敝的国门。

必须即刻出去迎敌，

否则敌人立刻会攻来。

法太子正在逼近。

索尔兹伯里 看来您知道得不如我们多。

潘杜尔夫主教在内歇息。

	他半小时前从法太子那里来， 带来和解意向， 希望尽快结束战争， 我们可以无损荣誉和尊严地接受。
私生子	他如果看到咱们众志成城地抵抗， 就更该这么做了。
索尔兹伯里	不，这已经发生了。 他已经把运输军需的车马遣到海边， 派主教前来 处理各种争执交涉的事宜。 如果您认为可以， 今天下午您、我和众位大人速去见他， 妥善解决此事。
私生子	就这样吧。——我尊贵的王子， 您和几位不必参与此事的大人， 来操办您父王的葬礼。
亨利王子	他要葬在伍斯特， 因为他遗嘱这样说。
私生子	那就葬到那里。 愿您继承大统，得享福泽， 延续吾国的光荣， 我满心恭顺地跪拜， 向您宣誓忠诚， 誓效犬马，永远追随。（他跪地）
索尔兹伯里	我们也一样献上敬爱之心， 永不背离。（众贵族跪地）
亨利王子	我心中感念，愿答谢各位，

却不知除了落泪还能怎样表达。（他落泪）

私生子 啊，我们适可而止地哀悼吧，（起身）
世事已经让我们预先经历了各种伤痛。
英格兰这个国家过去不曾，将来也不会
伏在傲慢的征服者脚下，
除非它先动手伤害了自己。
如今国中贵族都已回归，
纵使宇内之兵从三面攻来，
我们也能奋勇抗击。
但使举国无二志，人间何事可愁予。 众人下